Antes que o café esfrie · 3

TOSHIKAZU KAWAGUCHI

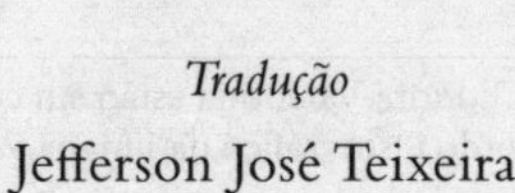

Tradução

Jefferson José Teixeira

valentina

Rio de Janeiro, 2023

1ª Edição

TÍTULO ORIGINAL
Before your memory fades

CAPA
Raul Fernandes

FOTO DO AUTOR
Cortesia de Sunmark Publishing, Inc.

DIAGRAMAÇÃO
Fátima Affonso / FQuatro Editoração

Impresso no Brasil
Printed in Brazil
2023

CIP-BRASIL. CATALOGAÇÃO NA PUBLICAÇÃO
SINDICATO NACIONAL DOS EDITORES DE LIVROS, RJ
GABRIELA FARAY FERREIRA LOPES – BIBLIOTECÁRIA CRB-7/6643

K32a

Kawaguchi, Toshikazu
Antes que o café esfrie 3: a morte não precisa ser o fim da vida / Toshikazu Kawaguchi. - 1. ed. - Rio de Janeiro: Valentina, 2023.
232p.; 21 cm.

ISBN 978-65-88490-70-9

1. Ficção japonesa. I. Título.

CDD: 895.63
23-86742 CDU: 82-3(52)

Todos os livros da Editora Valentina estão em conformidade com
o novo Acordo Ortográfico da Língua Portuguesa.

EDITORA VALENTINA
Rua Santa Clara 50/1107 – Copacabana
Rio de Janeiro – 22041-012
Tel/Fax: (21) 3208-8777
www.editoravalentina.com.br

SUMÁRIO

SE FOSSE POSSÍVEL VIAJAR NO TEMPO, QUEM VOCÊ GOSTARIA DE ENCONTRAR?

Caso o leitor ache necessário, na página 231 há um organograma dos personagens e suas correlações.

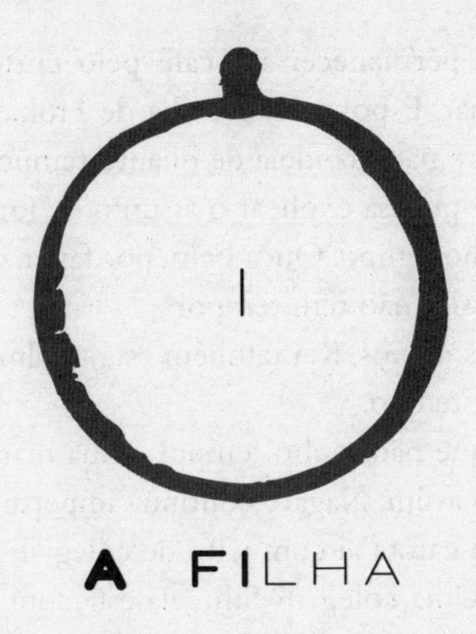

A FILHA

– Oi! Por que está em Hokkaido? Pode me explicar o que está acontecendo? – A voz aguda de Kei Tokita ressoa do outro lado da linha.

– Olha, você precisa manter a calma, ok?

Nagare Tokita ouve a voz da esposa pela primeira vez em quatorze anos, mas não tem tempo para se alegrar.

Ele está morando em Hokkaido, na cidade de Hakodate.

Hakodate conta com muitos prédios em estilo ocidental construídos no início do século XX. Pela cidade, por toda parte se avistam sobrados de construção singular, com o andar térreo em estilo japonês e o superior em estilo ocidental. Motomachi, o histórico bairro residencial de estrangeiros situado no sopé do Monte Hakodate, é famoso por abrigar pontos turísticos, como o antigo Salão Público da Ala Hakodate, o poste de luz em formato quadrangular mais velho do Japão e os armazéns de tijolos vermelhos na área da baía.

Kei, a interlocutora de Nagare ao telefone, está em Tóquio, no Funiculì Funiculà, o "café da viagem no tempo". Ela viajou do passado quinze anos no futuro para encontrar a filha. Porém,

Kei só poderá permanecer no café pelo curto período até o seu café esfriar. E por estar na ilha de Hokkaido, no norte do Japão, Nagare não faz ideia de quanto tempo ainda resta.

Por isso, ele precisa explicar o assunto de forma sucinta.

– Não tenho tempo. Ouça bem, por favor.

– Como assim não tem tempo?!

Por motivos óbvios, Kei também está totalmente ciente da própria falta de tempo.

– Sou eu que não tenho tempo! – Sua maneira de falar é ríspida. Mesmo assim, Nagare continua imperturbável.

– Tem uma garota aí com jeito de colegial?

– O quê? Uma colegial? Sim, ela está aqui. A que visitou o café há umas duas semanas; ela veio do futuro para tirar uma foto comigo.

Para Kei é uma lembrança de duas semanas atrás, mas para Nagare é algo ocorrido há quinze anos. No entanto, ele precisa confirmar para evitar enganos. Existe a possibilidade de haver, por pura coincidência, outra adolescente no café agora.

– Os olhos da garota são grandes, bem arredondados e ela veste uma blusa de gola rulê?

– Sim, isso. O que tem ela?

– Acalme-se e ouça. Houve um equívoco e você está agora quinze anos no futuro.

– Eu já disse, mal consigo te escutar.

Justo quando Nagare tenta falar algo importante, sopra um vento forte. Kei praticamente não ouve nada devido ao efeito do chiado provocado pela rajada no telefone. No entanto, o tempo urge e ele precisa se apressar.

– Seja como for, a garota na sua frente… – sua voz naturalmente se eleva.

– Hã? O quê?

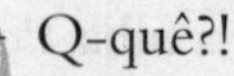

– É a nossa filha.

– Q-quê?!

O telefone na mão de Nagare volta a silenciar. Em lugar da voz de Kei, ele ouve o *drim, dong* do relógio de parede do Funiculì Funiculà badalando várias vezes. Nagare solta um breve suspiro e começa a explicar a complicada situação envolvendo a esposa.

– Você planejou viajar dez anos para a frente, mas houve algum erro e foram quinze. Parece que houve uma confusão, e dez anos e 15h se transformaram em quinze anos e 10h.

– Ah, hum.

– Quando você voltou do futuro, a gente ficou sabendo disso, mas agora estamos em Hokkaido por motivos inevitáveis que não posso explicar porque não daria tempo...

Nagare fala até ali com celeridade. Depois de respirar fundo, prossegue.

– A garota na sua frente é a nossa filha. Você não tem muito tempo sobrando, então apenas fique olhando a nossa filha toda crescida e saudável e depois volte para casa – sugere docemente e desliga.

– Ah, tá bem. Certo – responde Kei com a voz fraca.

Do local onde está, Nagare pode vislumbrar, lá do alto, uma ladeira estendendo-se em linha reta até a azulada Baía de Hakodate. Ele gira nos calcanhares e volta para o café.

DA-DING-DONG

Hakodate é uma cidade repleta de ladeiras. Entre elas, a Ladeira Nijikken, que se estende a partir do mais antigo poste de luz do Japão, produzido em concreto, e a Ladeira Hachiman, que se situa próximo aos armazéns de tijolos vermelhos na área da baía, famoso ponto turístico da cidade. Da frente das docas de Hakodate partem as ladeiras Uomi e Funami, e na sequência vêm as ladeiras Asari e Aoyagi, que seguem na direção do bairro de Yachigashira. No total, são dezenove.

Misturadas entre tantas, existe uma desconhecida dos turistas. O poder público não a batizou. Por isso, ela é chamada pelo pessoal de Hakodate de Ladeira Sem Nome.

O café onde Nagare trabalha fica bem no meio dessa ladeira. O nome do estabelecimento é Café Donna Donna.

Há uma estranha lenda urbana associada a uma das cadeiras desse café. Reza a lenda que apenas enquanto se está sentado nessa cadeira específica é possível viajar no tempo para o momento que se deseja. Porém, há algumas regras irritantes, e bota irritantes nisso:

1. *Você só pode encontrar no passado pessoas que já estiveram no café.*

2. *Você não pode fazer nada no passado para mudar o presente.*

3. *Na cadeira que permite voltar ao passado, e há somente uma, tem um cliente sentado. Você precisa esperar que ele ou ela se afaste da cadeira.*

4. *No passado, você precisa ficar sentado no mesmo lugar e não sair dele em nenhum momento.*

5. *Há um limite de tempo. A permanência no passado terá início quando o café for servido e você precisará voltar antes que ele esfrie.*

E as regras irritantes não se limitam a essas cinco principais. Apesar disso, hoje, mais uma vez, um cliente que ouviu falar da tal lenda urbana visitará o café.

Quando Nagare retorna depois de terminada a ligação, Nanako Matsubara, sentada em um dos bancos ao balcão, logo o questiona.

– Não teria sido melhor você ter ficado em Tóquio?

Nanako é aluna da Universidade de Hakodate. Antenada às tendências atuais da moda, veste um tomara que caia bege pra dentro da calça baggy folgadona. Usa maquiagem leve e os cabelos, com luzes bem discretas, estão presos desleixadamente atrás da cabeça.

Nanako ouvira que a falecida esposa de Nagare apareceria hoje no café em Tóquio, vinda do passado, para visitar a filha deles. No entanto, ela achava estranho que, apesar de ser uma oportunidade única de reencontrar a esposa após quatorze anos, Nagare não tivesse ido para lá, limitando-se a conversar com ela por telefone.

– Hum, talvez... – Nagare responde de maneira ambígua, dá a volta pelas costas de Nanako e vai para trás do balcão.

Sentada ao lado de Nanako, Saki Muraoka lê um livro com o semblante sonolento. Saki é médica e trabalha no departamento de psiquiatria de um hospital de Hakodate. Tanto ela como Nanako são clientes habituais do café.

– Por que você não foi reencontrar sua esposa?

Nanako fixa um olhar de pura curiosidade em Nagare, um homenzarrão de quase dois metros de altura.

– É que, você sabe, no caso...

– O quê?

– Ela não veio me ver, e sim a nossa filha.

– Mesmo assim.

– Está tudo bem. Eu guardo com carinho as lembranças do que vivemos juntos desde que nos conhecemos e...

Ele quer demonstrar com isso o quanto deseja que o tempo em que mãe e filha estarão juntas seja bem aproveitado.

– Nagare, você é *muuuito* gentil! – declara Saki, enfática.

– Não precisa exagerar – diz enquanto as orelhas ficam vermelhas.

– Você é que não precisa ficar envergonhado!

– Não estou, não – discorda e logo vai para a cozinha como se precisasse fugir.

No lugar dele, vinda da cozinha, aparece Kazu Tokita. Ela é garçonete no café. Veste uma blusa branca, saia de babados bege e um avental azul-claro. Este ano completa 37 anos, mas seu jeito livre e despojado faz com que aparente menos idade.

– Até que pergunta você foi?

Quando Kazu volta para trás do balcão, Nanako logo muda de assunto.

– Quê? Ah, eu já estou na… vigésima-quarta – responde a dra. Saki. Sentada ao lado, ela avança avidamente na leitura de um livro sem manifestar qualquer interesse pela conversa entre Nanako e Nagare.

– Bem, falando nisso…

Sussurrando como se recordasse algo, Nanako dá uma espiadinha no livro que Saki tem nas mãos.

Saki volta algumas páginas e lê em voz alta:

"O que você faria hoje se o mundo acabasse amanhã?: 100 perguntas.

Pergunta nº 24.

Há um homem ou uma mulher que você ama.

O que você faria hoje se o mundo acabasse amanhã?

1. Eu pediria em casamento.

2. Como de nada adiantaria, eu não pediria."

– Então, qual você escolhe? – Saki afasta depressa os olhos do livro e fita o rosto de Nanako ao seu lado.

– Ah, deixa eu pensar…

– Vamos lá, 1 ou 2?

– E a doutora Saki… optaria por qual?

– Eu? Eu talvez pedisse.

– Por quê?

– Não gostaria de morrer arrependida.

– Interessante.

– Não me diga que você, Nanako, não pediria?

Ao ser perguntada, Nanako torce de leve o pescoço e responde em voz baixa.

– Bem, se eu tivesse certeza absoluta de que ele me ama, eu pediria, mas se duvidasse do sentimento dele por mim, eu talvez não...

– Sério? Por que não?

Saki parece estar com dificuldade de assimilar bem a explicação de Nanako.

– Se eu estivesse certa do amor desse homem por mim, eu não estaria causando a ele um dilema com a minha proposta, entende?

– Hum. É... acho que você tem razão.

– Porém, se ele não sentisse nada de tão especial por mim e eu o pedisse em casamento, eu odiaria caso ele se visse obrigado a pensar em mim de forma diferente e acabasse se sentindo encurralado.

– Ah, e isso acontece muito, com certeza. Sobretudo com os homens. Como quando um ganha chocolate no Dia dos Namorados de alguma mulher pela qual nunca sentiu nada de especial e de repente precisa vê-la com outros olhos.

– Eu não gostaria de acrescentar mais uma preocupação justo quando o mundo está prestes a acabar. E se ele pedisse um tempo para pensar, então seria eu a me sentir mal, né? Por isso, talvez eu não pedisse, apesar de achar que possa ser algo significativo.

– Nanako, estou sentindo que você está levando isso muito a sério, não?

– Estou? Você acha?

– Com certeza! Até porque o mundo não vai acabar amanhã.

– Sem dúvida.

Esse papo já estava rolando desde antes, quando Nagare saíra para telefonar.

– A propósito, qual você escolhe, Kazu?

Nanako inclina o corpo sobre o balcão.

Saki olha curiosa na direção dela.

– Bem, eu...

– Olá! Bem-vindo.

Ao ouvir a campainha, Kazu, num reflexo condicionado, lança o cumprimento na direção da porta de entrada do café. Em um instante, seu rosto se transmuta para o de garçonete. Nanako e Saki se dão conta disso e não insistem para que responda.

Quem entra não é um cliente, mas uma menina de vestido rosa-claro.

– Cheguei! – ressoa sua voz animada.

Ela carrega uma pesada bolsa atravessada no ombro e traz na mão um cartão-postal.

Seu nome é Sachi Tokita. Filha de Kazu, ela acaba de completar sete anos. O pai, ou seja, o marido de Kazu, é um fotógrafo de renome internacional. Ele se chama Koku Shintani. Apesar de ter adotado o sobrenome Tokita após o casamento, em suas atividades como fotógrafo conservou o nome de nascença. Seu trabalho consiste em percorrer diversas regiões do planeta fotografando paisagens. Volta ao Japão uma vez por ano e só por poucos dias. Por isso, com frequência envia a Sachi cartões-postais que ele mesmo produz com as fotos tiradas nos locais que visita.

– Bem-vinda de volta! – cumprimenta Nanako.

Kazu olha para o jovem logo atrás de Sachi.

– Bom dia.

O rapaz é Reiji Ono, funcionário que trabalha em jornada de meio período no café. Está vestido de modo casual com calça jeans e camiseta branca. Deve ter subido a ladeira às pressas, pois ofega um pouco e tem gotas de suor na testa.

– A gente chegou junto por acaso.

Sem ninguém ter perguntado, ele explica o motivo de terem entrado quase ao mesmo tempo, e vai direto para a cozinha. Do salão, dá para ouvi-lo cumprimentando Nagare.

Logo se iniciam os preparativos para o almoço, que começará em duas horas.

Sachi se senta à mesa ao lado da grande janela de onde é possível apreciar o Porto de Hakodate. Age do mesmo jeito de quando se acomoda à escrivaninha do seu quarto.

Além de Nanako e Saki, há apenas um idoso cavalheiro vestido de preto, sentado à mesa próxima à porta, e uma mulher com idade semelhante à de Nanako numa mesa de quatro lugares. Essa cliente está ali desde a abertura do café e se limita a contemplar a paisagem pela janela.

O café abre às 7h. Começa a funcionar tão cedo assim para atender os turistas que vêm visitar o famoso mercado matutino.

Sachi coloca sua bolsa sobre a mesa, produzindo um inesperado baque alto e grave.

– Eita! Você foi de novo pegar livros na biblioteca? – pergunta Nanako indo se sentar em frente a ela.

– Ã-hã.

– Você gosta mesmo de ler livros, né?

– Ã-hã.

Nanako sabe que é costume de Sachi ir, nos dias de folga da escola, à biblioteca bem cedinho pegar livros emprestados. Nesse dia, não houve aula por ser a data de comemoração da fundação da escolinha onde ela estuda.

Sachi começa a alinhar, toda prosa, os livros sobre a mesa.

– O que você costuma ler?

– Ei, eu também estou curiosa. De que tipo de livro você gosta, Sachi? – Do balcão, a dra. Saki Muraoka também se inclina para ver.

– Cadê, mostra pra gente. – Nanako estende a mão em direção aos livros enfileirados. – *O desafio dos números imaginários e inteiros.*

Saki a imita e pega outro.

– *Apocalipse em um universo finito.*

– *Mecânica quântica moderna e a dieta perfeita.*

Nanako e Saki leem alternadamente os títulos.

– *Aprendendo com Picasso sobre questões de arte clássica.*

– *A mente espiritual do Konkorinkankon.*

A cada livro que pegam, suas fisionomias se modificam. Estão bastante chocadas ao ler os títulos.

Há ainda mais alguns sobre a mesa cujos títulos elas não leram em voz alta e que acabaram desistindo de checar.

– Eita, cada um mais difícil que o outro – declara Nanako fazendo uma careta.

– Difícil?! Você acha mesmo? – Sachi inclina a cabeça, incrédula.

– Sachi querida, se você entende o que tem aí nesses livros, talvez a gente tenha que chamar você de Doutora Sachi daqui pra frente – murmura Saki entre suspiros ao ver *A mente espiritual do Konkorinkankon*. O título mais parece um texto de literatura médica que a dra. Saki e os colegas do departamento de psiquiatria estão acostumados a ler.

– Ela não está interessada no conteúdo. Na verdade, apenas gosta de ficar contemplando a escrita – explica Kazu de trás do balcão, como que para consolar as duas.

– Mesmo assim... não é?

– Sem dúvida!

Elas parecem querer dizer que aqueles não são o tipo de livro comumente escolhido por uma criança de sete anos.

Nanako volta para seu banco alto ao balcão, pega o livro que até há pouco Saki lia e o folheia.

– Talvez este seja o livro ideal para mim...

Em outras palavras, ela prefere um livro com poucas linhas por página do que um com uma profusão de texto em letras miúdas.

– Que livro é esse? – A menina demonstra interesse.

– Quer ler? – Nanako entrega o exemplar a Sachi.

– *O que você faria hoje se o mundo acabasse amanhã?: 100 perguntas* – Sachi lê o título em voz alta. Seus olhos brilham. – Parece interessante!

– Quer tentar uma pergunta?

Quem trouxe o livro foi Nanako, que ficou feliz ao ver o interesse de Sachi por ele.

– Ã-hã – responde uma sorridente Sachi.

– Então, nada melhor do que começar pela primeira, não acha?

– Boa ideia – concorda Nanako com a proposta de Saki.

Ela volta para o início e lê a pergunta:

"O que você faria hoje se o mundo acabasse amanhã?: 100 perguntas.

Pergunta nº 1.

Diante dos seus olhos há um quarto. O mundo vai acabar e apenas uma pessoa poderá ser salva se entrar nele.

O que você faria hoje se o mundo acabasse amanhã?

1. Entraria.

2. Não entraria."

– Então, qual delas? – ressoa a voz agradável e clara de Nanako.

– Hummm… – Sachi franze a testa.

As duas observam sorridentes o perfil angustiadamente sério de Sachi refletindo sobre a pergunta. O sorriso de alívio surge ao constatar que, no final das contas, a menina de fato tem apenas sete anos.

– A pergunta é muito complicada para você, Sachi? – indaga Nanako enquanto observa a menina.

– Eu não entraria – responde Sachi convicta.

– Hã? – Nanako se mostra perplexa com a resposta resoluta da menina. Isso porque ela própria respondera que "entraria". Por sinal, a mesma escolha de Saki, sentada ao seu lado.

Do lado oposto do balcão, Kazu presta atenção à conversa entre as três com o semblante sereno.

– Por que não entraria? – pergunta Nanako, cuja voz soa um pouco estridente. Ela deve ter realmente se espantado por uma criança de sete anos ter escolhido "não entrar" como resposta.

Indiferente à perplexidade de Nanako e Saki, Sachi endireita as costas e dá uma explicação surpreendente.

– Porque, ora bolas, viver sozinha seria o mesmo que morrer sozinha, não é?

– …

A resposta deixa as duas sem palavras. Nanako está boquiaberta, totalmente atordoada.

– Eu estou impressionada – diz Saki abaixando a cabeça. Ela não tem alternativa senão se render à argumentação inesperada.

Nanako e Saki se entreolham. Parecem pensar o mesmo: *Essa menina deve, sim, estar lendo e conseguindo compreender bem aqueles livros difíceis.*

– Ah, vocês continuam fazendo isso? – pergunta Reiji, vindo da cozinha já com seu avental. – Esse livro tá bombando!

– Até você conhece, Reiji? – pergunta Saki um pouco admirada.

– O que quer dizer com esse "até você"?

– Bem, você não parece muito o tipo que adora ler.

– Pois fique sabendo que fui eu quem emprestou esse livro a essa sujeita aí!

"Essa sujeita" é Nanako. Ela e Reiji são amigos de infância e estudam na mesma universidade. Estão acostumados a usar entre eles certas formas de tratamento em tom de galhofa.

– É mesmo?

– Sim. Na universidade também virou uma febre. E como é superdivertido, o Reiji me emprestou.

– Ah, então é um sucesso mesmo.

Saki estende o braço fazendo menção de pegar o livro e Nanako o entrega a ela.

– Todo mundo está curtindo bastante.

– Acho que posso entender por quê.

A própria Saki não desgrudara do livro até Nagare sair pouco antes para dar o telefonema. Agora, até a pequena Sachi de sete anos também está vidrada. Ao ouvir sobre o sucesso, ela se convence. Chega mesmo a achar que o livro pode se tornar um best-seller em todo o Japão.

– Interessantíssimo – admira-se Saki folheando mais uma vez o livro.

– Muito obrigada, estava tudo ótimo – elogia a cliente ao se levantar da cadeira. Ela estava no café desde cedo, ou, para ser mais preciso, desde a abertura.

Reiji se dirige a passos rápidos até o caixa.

– Foi um combo de chá gelado com torta, correto? São 780 ienes – informa ao checar a comanda.

Sem responder, a mulher retira a carteira da bolsa a tiracolo. Nesse momento, uma foto cai no chão sem que ela perceba.

– Tire daqui, por favor – pede e entrega a Reiji uma nota.

– Recebendo 1.000 ienes.

Reiji bate nas teclas da caixa registradora, que emite um *bip bip* eletrônico. A gaveta se abre lentamente, mas com barulho, e ele retira o troco com mãos visivelmente acostumadas à tarefa.

– Seu troco de 220 ienes, senhorita.

A mulher recebe o dinheiro calada.

– A menina tem toda a razão. Se era para viver só, melhor seria eu ter morrido – sussurra como para si mesma antes de caminhar em direção à saída do café.

– Obrigado… por ter vindo… – cumprimenta Reiji de um jeito desanimado, bem diferente do usual.

– O que houve? – pergunta Saki a Reiji, que retorna ao caixa, o pescoço inclinado para o lado.

– Bem, hum… *Melhor seria eu ter morrido…*

– Hã?! – espantada, Nanako exclama num estranho tom de voz.

– Não, não me entenda mal! Aquela mulher que afirmou: *Se era para viver só, melhor seria eu ter morrido* – complementa Reiji às pressas.

– Desse jeito você me mata do coração! – Nanako dá um tapa nas costas do rapaz quando ele passa ao lado dela.

– Mas… mesmo assim… – replica Saki olhando para Kazu com um ar desconfiado.

Na realidade, não eram palavras fáceis de ser ignoradas.

– É… realmente estranho – comenta Kazu com os olhos fixos na entrada do café.

Por um instante, o tempo parece ter parado.

– E a próxima? – pergunta Sachi trazendo todos de volta à realidade.

Ela está se referindo à continuação do *100 perguntas*.

Porém, logo em seguida, Saki olha para o relógio na parede, exclama "Nossa, já é tarde!" e se levanta.

O relógio marca 10h30.

Há três grandes relógios de pêndulo nesse café, que se estendem do chão até o teto. Um deles está próximo à entrada; outro, bem centralizado na parede principal; e o terceiro, ao lado da enorme janela de onde se avista o Porto de Hakodate. Saki verificou o horário no relógio da parede principal. Isso porque ela sabe que o relógio próximo à entrada adianta e aquele ao lado da janela atrasa as horas.

– Vai trabalhar?

– Isso – responde Saki e, sem demonstrar pressa, retira moedinhas da carteira. Sua casa fica a poucos passos dali e faz parte de sua rotina diária tomar um café antes de seguir para o hospital.

– Não vamos continuar, doutora?

– Podemos deixar para uma próxima? – pede Saki, exibindo um semblante sorridente para a menina. Então, deixa sobre o balcão 380 ienes pelo café.

– Que tal você ler algum dos livros que pegou emprestados? – sugere Kazu ao ver a filha um pouco decepcionada e cabisbaixa.

– Boa ideia!

O rosto de Sachi instantaneamente se ilumina. Ela tem como hábito ler vários livros ao mesmo tempo, mas ficou decepcionada porque aquela estava sendo sua primeira experiência compartilhando a leitura de um mesmo livro com adultos. Foi divertido. De qualquer forma, ela se anima ao ouvir a sugestão de Kazu para ler os novos. Pega um dos que estão espalhados na mesa e, de imediato, começa a ler em silêncio tão logo se senta pesadamente na cadeira.

– Sachi realmente ama os livros! – Nanako se admira olhando-a com certa inveja.

Ela própria sempre teve dificuldade para ler livros complexos.

– Então, estou indo. – Saki acena para todos.

– Muito obrigado! – A costumeira voz animada de Reiji está de volta, ao contrário de quando a mulher fora embora deixando para trás palavras perturbadoras.

– Ah… – De repente, Saki vira os calcanhares diante da saída e fala se dirigindo a Kazu. – Se a Reiko aparecer, checa pra mim se ela está bem?

– Pode deixar – aquiesce Kazu com um gesto de cabeça enquanto recolhe a xícara de Saki.

– Aconteceu algo com a Reiko? – pergunta Nanako.

– Mais ou menos – Saki se limita a responder e, já com certa pressa, deixa para trás o café.

DA-DING-DONG

– Doutora… Espera! – chama Nanako ao perceber a foto caída na entrada.

Saki, porém, não ouve e sai a passos céleres. Pretendendo ir atrás dela, Nanako dá uma corridinha até o caixa e recolhe a foto do chão.

– Hã?! – exclama balançando a cabeça. – Kazu, esta foto…

Desistindo de ir atrás de Saki, Nanako entrega a foto para Kazu.

– Pensei que a Saki tivesse deixado cair, mas não deve ser dela…

A dra. Saki não aparece na foto, mas um rapaz e uma moça, ambos de idade semelhante, com um bebê parecendo recém-nascido. E há mais uma pessoa na foto: Yukari Tokita. Ela é a proprietária do café e mãe de Nagare, que trabalha atualmente ali. É irmã mais velha de Kaname Tokita, mãe de Kazu. Yukari é um espírito livre, que age por impulso, o oposto da personalidade de Nagare, um homem sério e com forte senso de responsabilidade, que, antes de tudo, pensa na conveniência das outras pessoas. Há dois meses, Yukari partira para os Estados Unidos na companhia de um rapaz americano que visitara o café, em busca do pai do rapaz, de paradeiro desconhecido.

Assim, o café perdera, de uma hora para outra, a sua proprietária, e Reiji, o funcionário temporário, ficara totalmente sozinho tocando o negócio. Yukari pensara em fechar o café por um bom período até sua volta. Sua intenção era continuar pagando o salário de Reiji enquanto o café estivesse fechado, portanto precisava ver como faria para não causar inconvenientes a ninguém. Porém, Reiji, como era de se esperar, avisou que não aceitaria, de jeito nenhum, receber sem trabalhar.

Isso foi justamente na época em que ele havia planejado ir até Tóquio. Então, ao passar pelo café onde Nagare trabalhava, consultou-o sobre a possibilidade de manter o negócio aberto. Quando Nagare tomou conhecimento da situação, sentiu-se responsável pelo comportamento egoísta e caprichoso da mãe e se mudou para Hakodate a fim de gerenciar o Donna Donna. Essas foram as circunstâncias que o levaram a deixar a filha tomando conta, sozinha, do Funiculì Funiculà.

Porém, ainda havia um problema, e resolvê-lo não seria tão simples. Na realidade, assim como no caso do Funiculì Funiculà, no Donna Donna também há uma cadeira que permite viajar no tempo. É o assento próximo à entrada do café, onde se senta o idoso cavalheiro vestido de preto.

No entanto, o café servido por Nagare não permite às pessoas voltarem ao passado. Pelas regras, o café para a viagem no tempo só pode ser servido por um membro feminino da linhagem consanguínea da família Tokita com pelo menos sete anos de idade. E, no momento, há quatro mulheres nessa condição na família: Yukari, Kazu, Miki, que é filha de Nagare, e Sachi, que é filha de Kazu. Porém, quando uma mulher engravida de uma menina, ela perde o poder, que é consequentemente transmitido para a criança.

Como Yukari está nos Estados Unidos – Kazu não pode usar seu poder, pois este foi transferido para Sachi, e Miki, filha de Nagare, está em Tóquio para encontrar a mãe vinda do passado –, somente Sachi pode servir o café no estabelecimento em Hakodate.

A proposta, longe de ser ideal, era que apenas Nagare fosse morar em Hakodate para administrar o negócio, mas aí não haveria ninguém para servir o café que possibilita a tal viagem no tempo. No entanto, Sachi, que acabara de completar sete anos e por isso está apta a servir o café, manifestou o desejo de ir junto.

Contudo, como ela só tem sete anos, não seria correto morar longe de Kazu, sua mãe, por isso Kazu propôs irem apenas ela e Sachi para Hakodate, mas Nagare, sentindo-se responsável pelos caprichos da mãe, não concordou com a ideia.

Foi Miki quem mais incentivou Nagare.

– A Fumiko e o Goro se ofereceram para dar uma mão, então não há problema! É só até a vovó Yukari voltar, né? Posso muito bem me virar sozinha com eles dois.

Essas palavras foram decisivas. A própria Sachi bateu pé que iria, e, pensando na possibilidade de uma longa estada, decidiram transferi-la de escola.

Assim, o café em Tóquio foi deixado a cargo de Fumiko e Goro, adultos e clientes há mais de dez anos do Funiculì Funiculà, e Nagare, Kazu e Sachi partiram para Hakodate.

A única questão preocupante era não saberem quando Yukari de fato regressaria.

Olhos fixos na foto em que Yukari aparece.

– Yukari está tão jovem… Nossa, ela é belíssima. Esta foto é de quantas décadas atrás?

Nanako, cliente habitual do café, costumava ver quase que diariamente o rosto de Yukari até pouco antes dela partir para os Estados Unidos, logo não havia dúvidas na sua afirmação. Ela não consegue esconder a surpresa ao ver uma Yukari tão estranhamente jovem retratada na foto.

– Acho que esta foto pertence àquela mulher que estava aqui desde cedo.

Kazu deve ter a mesma opinião, pois assente levemente com a cabeça.

– Kazu, tem algo escrito atrás – diz Nanako ao perceber caracteres no verso da foto.

– Olha. É a data de hoje! 27/08/2030, 20h31.

Pela aparência jovial de Yukari, trata-se de uma foto bem antiga. Porém, a data mencionada no verso da fotografia é, sem dúvida, a daquele dia.

Além disso, está escrito o seguinte logo após a data:

Foi ótimo a gente ter se encontrado.

Ao lado de Nanako, que inclina a cabeça sem entender o que aquilo significa, Kazu pensa: *Ela virá esta noite…*

Nesta noite…

Quase próximo ao fechamento, já não há fregueses no Donna Donna. O idoso cavalheiro vestido de preto está sentado à mesa próxima à entrada, e Sachi lê um livro sentada no banco do balcão.

– Já podemos trazer o cavalete pra dentro, não? – pergunta Reiji a Kazu quando acaba de limpar a última mesa.

– Claro, é melhor mesmo.

São 19h30. Do lado de fora já está bem escuro. Reiji se encaminha para recolher o cavalete que indica o horário de funcionamento e, ao abrir a porta, o som da campainha reverbera.

O horário normal de fechamento do café é às 18h. Por estar situado no meio de uma ladeira, quase nenhum cliente aparece depois do pôr do sol. Porém, apenas durante as férias de verão, mesmo escurecendo, vez ou outra um jovem turista entra no Donna Donna. Por isso, nessa estação, o funcionamento se estende até as 20h.

Falta meia hora para o encerramento. Como já passou do horário do último pedido, Kazu decide iniciar os preparativos para fechar o estabelecimento.

– Sachi – Kazu chama a filha que está sentada ao balcão, lendo, porém ela não demonstra qualquer reação. Como de costume quando está compenetrada. Ciente disso, Kazu pega o marcador de livro diante dos olhos de Sachi e o insere carinhosamente na página em que a menina está.

– Ah... – Como se voltasse à realidade, Sachi de repente afasta os olhos do texto. – Mãe, o que foi? – pergunta, parecendo notar pela primeira vez a pessoa ao seu lado. Realmente ela não ouviu Kazu chamá-la.

– Como já é hora de fechar, dá pra você descer e aquecer a água do ofurô?

– Ã-hã – responde Sachi e sai do banco com agilidade. Carregando o livro, desce correndo a escada ao lado da porta de entrada.

O espaço de moradia se situa no subsolo do café. Como o prédio foi construído numa encosta do monte, no subsolo há uma janela de onde se descortina o Porto de Hakodate. Para ser mais exato, talvez fosse mais fiel à realidade afirmar que o espaço de moradia está localizado no térreo e o café, no andar superior. Kazu está em frente à caixa registradora para contabilizar as vendas do dia, quando...

DA-DING-DONG

Ao ouvir a campainha, ela vê uma cliente entrar. É a mesma jovem que estivera no café pela manhã.

Ela veio, como eu previ.

Se fosse outro cliente, Kazu provavelmente teria recusado sua entrada de forma cortês, explicando que o horário dos últimos pedidos se encerrara. No entanto, havia aquela foto.

– Olá. Seja bem-vinda – saúda Kazu sem desviar os olhos da cliente.

Seu nome é Yayoi Seto.

Pela manhã, pareceu a Kazu que ela teria uns 20 anos, assim como Nanako, mas já não podia afirmar categoricamente. Olhando seu rosto cansado, que certamente a envelhecia, talvez fosse até mais jovem.

Yayoi continua calada e encarando Kazu.

– Ela falou que deseja voltar ao passado – anuncia Reiji ao retornar carregando o cavalete.

Ainda calada, Yayoi olha para Reiji, naquele momento atuando como seu porta-voz, e depois volta a encarar Kazu.

Seus olhos parecem duvidar: *Será mesmo verdade?*

– Conhece as regras? – pergunta Kazu. Com isso ela responde também ao *Será mesmo verdade?*

– Regras?

Observando a reação de Yayoi, Reiji troca olhares com Kazu, como se dissesse *É o costumeiro padrão: aparece desejando voltar ao passado, mas ignora as regras.*

– Devo explicá-las?

– Por favor.

Depois de confirmar com Kazu, Reiji dá um giro sobre si mesmo para se postar de frente para Yayoi. Mesmo quando Yukari estava presente, as explicações das regras para voltar ao passado ficavam sempre a cargo de Reiji. Portanto, não havia qualquer tensão ou entusiasmo na reação dele.

– É possível viajar. Você pode retornar ao passado, mas há algumas regras que talvez desagradem...

– Regras? – Yayoi repete.

– São quatro as principais. Desconheço o seu motivo para desejar retornar ao passado, mas, depois de tomarem conhecimento delas, as pessoas em geral acabam desistindo e vão embora.

Ao ouvir algo tão inesperado, os olhos de Yayoi expressam hesitação.

– Por quê?

Kazu deduz, pela sutil entonação das palavras pronunciadas por Yayoi, que ela deve ser natural de algum lugar próximo a Osaka, na região de Kansai.

Reiji sente Yayoi provavelmente se questionando: *Se eu não puder retornar ao passado, qual o sentido de eu ter viajado até Hakodate?*

Parecendo notar a inquietação, ele inicia a explicação:

– A primeira regra…

Reiji levanta o dedo indicador, como se estivesse acostumado a fazê-lo.

– Diz que: *Por mais que se esforce, você não pode fazer nada no passado para mudar o presente.*

– O quê?! – Já na primeira regra, Yayoi arregala os olhos.

Indiferente a isso, Reiji segue em frente.

– Se você pensa em voltar ao passado para corrigir algo que fez na vida, será um esforço em vão.

– O que você quer dizer com isso?

– Por favor, ouça com atenção.

Yayoi, então, assente levemente com a cabeça, franzindo as sobrancelhas.

– Por exemplo, suponhamos que neste exato momento você está infeliz. Tem dívidas ou está desempregada. Ou, quem sabe, seu namorado te traiu, você foi enganada, enfim, está amargurada…

Diante dela, Reiji conta nos dedos cada dissabor.

– Mesmo que você odeie essa sua realidade, por mais que se esforce pretendendo voltar ao passado para corrigir sua vida, as dívidas não vão sumir, você continuará desempregada, e o fato de ter sido traída ou enganada não vai se alterar.

– Por que não?

Emocionada, de súbito a entonação do dialeto de Kansai se intensifica. Reiji também percebe que Yayoi é natural do oeste do Japão.

– Não adianta me perguntar o porquê. Regras são regras.

– Trate de me explicar direitinho – pressiona Yayoi, mas Reiji continua impassível.

Da frente do caixa, Kazu vem em seu socorro.

– Ninguém sabe quem criou essas regras ou desde quando elas existem.

Ela queria afirmar com isso que era impossível dar explicações detalhadas sobre elas.

– Ninguém?

– Este café foi aberto por volta do início da era Meiji, ou seja, final do século XIX. Aparentemente, desde essa época é possível voltar ao passado. Contudo, ninguém sabe por que se pode retornar ao passado ou por que existem essas regras irritantes.

Reiji gira e puxa a cadeira mais próxima dele e se acomoda com o corpo bem encostado ao espaldar.

– Parece que lá, lá atrás, deixaram uma carta no café, num momento em que não havia clientes e…

– Uma carta?

– Isso. Aparentemente, essa regra constava na tal carta.

Por mais que se esforce, você não pode fazer nada no passado para mudar o presente.

– Essa é uma regra incrível, não acha? Em geral, as pessoas que desejam retornar ao passado pretendem corrigir algo em sua vida. Apesar disso, por mais que se esforcem, ao voltar ao passado não poderão mudar a realidade. Em outras palavras, não há como corrigir seus atos, ações, enfim… sua vida!

Os olhos de Reiji brilham. As regras misteriosas e enigmáticas, sem dúvida, o excitam. Logicamente, Reiji fala como se fosse um assunto totalmente alheio a ele, o que provoca a irritação de Yayoi.

– E as outras regras? – pergunta baixinho e com uma expressão sisuda.

– Quer ouvir? É que, em geral, basta as pessoas tomarem conhecimento dessa primeira regra para irem embora...

– Quais são as outras regras? – Yayoi insiste na pergunta. É visível uma crescente exasperação.

Reiji dá de ombros e continua a explicação.

– A segunda regra é a seguinte: *Você só pode encontrar no passado pessoas que já estiveram aqui, no café.*

– Q-quê?

A expressão no rosto de Yayoi é de perplexidade.

Porém, Reiji se mantém sereno. Continua a explicação de forma burocrática.

– Esse é literalmente o significado da regra.

– Por quê?

Seu sotaque é marcante. Quanto mais Yayoi tem dúvidas e a emoção aflora, mais evidente ele fica.

– Talvez a terceira regra esclareça... *Você só poderá voltar ao passado após se sentar numa determinada cadeira deste café, e enquanto estiver no passado não poderá se levantar.* É por causa dessa regra.

Que porcaria de regra é essa?

Yayoi segura o ímpeto de indagar. Começa a entender a inutilidade de questionar, afinal não obteria uma resposta convincente.

Regras são regras.

Se ela aceitasse sem questionar as explicações unilaterais, veria que as regras não eram assim tão complexas.

– Por causa dessa regra de não se mover da cadeira, logicamente enquanto estiver no passado não será possível pôr os pés fora deste café. Portanto...

– ... Só é possível se encontrar com pessoas que já frequentaram o café – completa a própria Yayoi interrompendo a explicação de Reiji.

– Exatamente. – Ele sorri com o dedo indicador apontado para ela.

Isso não é motivo para se alegrar.

Sem verbalizar, Yayoi manifesta seu desdém apenas desviando o olhar de Reiji.

– A próxima…

– Quê? Ainda há mais?

– A quarta regra. *Há um limite de tempo.*

– Mais essa agora. Até isso… – ela sussurra, fecha os olhos e respira fundo.

De que adiantou vir de tão longe até Hakodate, afinal?

Ela parece falar para si mesma.

Vendo-a nesse estado, Reiji se levanta da cadeira.

– Eu sei. São regras irritantes. Você não é a única a achar, não mesmo. Quase todos que visitam o café acabam desistindo de voltar ao passado e vão embora depois de ouvi-las – revela Reiji em tom lamentoso, abaixando a cabeça como se estivesse pedindo desculpas.

Por não ter sido ele quem criou as regras, o tom de voz e o gesto de cabeça servem de consolo para Yayoi.

Assim como ela, não foram poucos os clientes que se desencorajaram ao ouvi-las. De tão chocados, muitos desistem no ato. Alguns, verdade seja dita, nunca consideraram com seriedade retornar ao passado. Há até mesmo os que saem espalhando aos quatro ventos que as muitas regras irritantes são na realidade um estratagema para ocultar o embuste da viagem no tempo. Os que afirmam categoricamente "eu quero que me mandem para o passado!" precisam de um bom motivo para depois explicarem por que desistiram. Para salvar as aparências alegam "fui enganado".

Portanto, Kazu e os outros do café não se importam com o que ouvem, pois, afinal, existem pessoas que de fato voltaram ao passado.

O mesmo está acontecendo agora.

Ainda que Yayoi esbravejasse "Isso é uma grande farsa!", Kazu se limitaria a retorquir algo como "Se você pensa assim...".

Todavia, Reiji percebe ter esquecido algo muito importante: as palavras ditas por Yayoi ao sair do café mais cedo naquele dia.

Se era para viver só, melhor seria eu ter morrido.

Reiji trabalha no café há cinco anos. Nesse meio-tempo, os clientes que ali apareceram, desejosos de voltar ao passado, apesar de falarem seriamente, acabavam em geral indo embora ao ouvirem que por mais que se esforçassem não poderiam mudar o presente.

Reiji se deixou levar acreditando que o mesmo aconteceria com Yayoi.

Por que não me lembrei de algo tão importante?

De pé e calado diante de Yayoi, ele se arrepende por sua falta de atenção.

O único som no interior do café é o tique-taque dos relógios escoando o tempo.

Pela janela de onde é possível avistar todo o Porto de Hakodate, descortina-se uma noite soturna. Para além da escuridão, flutuam tremeluzentes vários pontos de luz etéreos. Na realidade, os pontos de luz aleatoriamente alinhados nada mais são do que lanternas que os pescadores usam nos barcos de pesca de lula.

– Ok, entendo – fala Yayoi virando-se de costas para Reiji.

Reiji sente que não deve deixar Yayoi partir daquela forma. Porém, não sabe o que dizer a ela. É nesse momento que...

– É você que aparece nesta foto? – pergunta Kazu a Yayoi mostrando a ela a tal fotografia recolhida do chão mais cedo. Nela se vê um rapaz e uma moça, aparentando ser um casal, com um bebê no colo, ao lado de Yukari Tokita, a proprietária do café. E quando Kazu diz "você" está na verdade se referindo à bebê no colo da jovem.

– Como?! – Yayoi deixa escapar espontaneamente.

Ela se aproxima de Kazu e puxa a foto da mão dela.

– Sim, sou eu – responde, encarando-a.

– Então os seus pais…

– Ah. Eles morreram num acidente de carro antes de eu ter idade suficiente para me lembrar… compreender as coisas.

– Entendo.

Essa mulher veio ao café porque deseja encontrar os falecidos pais.

A expressão no rosto de Reiji deixa claro que ele sacou.

Se ela veio ao café para encontrar os pais mortos, a segunda regra "*Você só pode encontrar no passado pessoas que já estiveram no café*" estaria satisfeita. Afinal, a foto com os pais fora, sem dúvida, tirada ali. No entanto, se ela pensa em ajudar os pais que faleceram no acidente de trânsito, infelizmente será algo impossível de realizar. Isso devido à primeira regra: "*Por mais que se esforce, você não pode fazer nada no passado para mudar o presente.*"

No passado, no Funiculì Funiculà, o café em Tóquio, uma moça de nome Hirai retornou ao passado para encontrar a irmã mais nova que havia morrido num trágico acidente de carro. Hirai era uma frequentadora assídua do café. Por isso, voltou ao passado ciente de que não poderia burlar as regras. E Hirai conseguiu tudo o que queria: cumpriu a promessa que fizera à irmã de voltar para a casa dos pais para gerir o Takakura, se reconciliar com eles e lhes agradecer por tudo que fizeram por ela. Hirai sabia das regras em detalhes, ao contrário de Yayoi, que acabara de ouvi-las e talvez considerasse a possibilidade de salvar os pais… até tomar conhecimento delas.

Com todo cuidado, Yayoi guarda de volta a foto.

– Peço desculpas pelo transtorno – fala em tom ríspido e se dirige à saída.

– Espere! – exclama Reiji fazendo-a parar.

– O que foi? –Yayoi para sem se virar.

– Você teve o trabalho de vir até aqui... O que acha de, pelo menos, se encontrar com os seus amados pais? – propõe Reiji.

Ele pisa em ovos, tomando todo o cuidado para não se tornar insistente devido à impossibilidade de mudar o presente.

– Você os amava, não? Se não houvesse a regra, você, com certeza, desejaria salvá-los, imagino. Por isso eu...

– É aí que você se engana! – grita Yayoi interrompendo-o.

– Hã?

Ela se vira e encara Reiji com olhos raivosos. A ferocidade de seu olhar leva o rapaz a recuar um ou dois passos.

– Eu odeio aqueles dois!

Os lábios de Yayoi tremem. O alvo de sua fúria não é Reiji.

Kazu interrompe o trabalho que está executando.

– Fala sério! Eles me puseram no mundo e sem mais nem menos... morreram!!! –Yayoi começa a falar como se desejasse colocar para fora todo o ressentimento acumulado. – Sem meus pais, fui passada de mão em mão entre parentes. Acabei parando num serviço social de acolhimento, onde sofri muito bullying. Eu sempre odiei aqueles dois por terem morrido. Por terem me deixado sozinha, fui forçada a ter uma vida de sofrimento e solidão.

Ela tira da bolsa a foto colocada de volta pouco antes.

– E apesar de tudo... Olhem bem para esta foto! – Ela a estende na direção de Kazu e Reiji. – Meus pais têm rostos felizes, indiferentes ao meu sofrimento.

A foto treme em suas mãos nervosas.

– Por isso...

Yayoi tenta a todo custo conter sua emoção descontrolada. Não há como definir se de raiva ou profunda tristeza... Talvez ela própria não saiba dizer. Esses sentimentos, impossíveis de serem suprimidos, foram finalmente verbalizados.

– Se eu pudesse encontrá-los, eu gostaria que eles ouvissem minhas queixas… Isso, sim!

– É por esse motivo que você pretende voltar ao passado?

– É! Mas eu desconhecia essas regras irritantes. Quanto mais eu as ouço, mais me parecem totalmente absurdas. Quem acredita que pode realmente retornar ao passado desse jeito deve ter um parafuso solto, não?

É por tudo isso que Yayoi pretendeu ir embora. Porém, as palavras de Reiji, como se tivessem atingido seu âmago, liberaram emoções represadas.

– *O que acha de, pelo menos, se encontrar com os seus amados pais?* – diz ironicamente. – Que direito você tem de propor algo assim sem saber o quanto eu sofri?

– Não é isso… é que eu… bem…

– Não é possível mudar o presente? Beleza, tô pouco me lixando. O fato de não mudar significa então que eu posso falar o que bem entender, correto? Ok, show. Se é verdade que vocês podem me enviar ao passado, vamos em frente. Vou até lá só para poder xingar de "imbecis!" aqueles dois que me deixaram sozinha neste mundo!

De fato, nada do que se diga no passado mudará o presente. Essa é a regra de ouro do café. Mesmo informando às pessoas que em breve elas morrerão num acidente de carro. E Yayoi decide, resoluta, ir avante invertendo a regra a seu favor. Ela dá um passo à frente.

– Então, me mandem para o dia em que esta foto foi tirada tão displicentemente, quando aqueles dois não davam a mínima para o meu futuro – pede estendendo a foto na direção de Kazu.

Eu só fiz foi piorar a situação.

O rosto de Reiji está lívido, como se estivesse consciente de ter acionado um gatilho.

Todavia, Kazu, ao contrário, se mantém serena.

– Entendido – replica apenas, com o rosto inexpressivo.

– Mas… – Reiji se surpreende com a reação de Kazu.

É raro para ele ver um cliente que, apesar de ouvir tantas regras irritantes, quer, mesmo assim, viajar ao passado. Além disso, Yayoi afirma desejar fazê-lo para dar uma bronca nos pais. Mesmo ela não podendo mudar o presente, Reiji consegue facilmente imaginar o estado de consternação em que os pais ficarão.

– São palavras de puro ressentimento. Será que não haverá problema? – sussurra Reiji ao pé do ouvido de Kazu.

Por estarem só os três conversando dentro do silencioso café, foi inevitável que o comentário chegasse aos ouvidos de Yayoi.

Ela o encara friamente.

Ele abaixa a cabeça.

– Você pode explicar a ela sobre aquele homem? – pede Kazu a Reiji.

Por "aquele homem" ela está se referindo ao idoso cavalheiro vestido de preto sentado na cadeira da viagem no tempo.

Kazu se mantém impassível diante das circunstâncias.

Cada pessoa tem seu motivo para voltar ao passado. Não cabe a ninguém julgar se ela está certa ou errada. É uma questão de liberdade de escolha. Trata-se de uma decisão individual voltar ao passado mesmo ciente de que não se pode mudar o destino de alguém que faleceu. Reclamar, se queixar, dar bronca, xingar também é algo livre. Sentir-se angustiado com isso é um sentimento pessoal de Reiji; problema dele.

Apesar de ter ficado um pouco aflito, ele decide seguir a orientação de Kazu.

– Posso, claro. Por favor, ouça com atenção. Para voltar ao passado é necessário sentar em determinada cadeira deste café, mas há um outro cliente sentado nela.

– Um outro cliente?

– Sim.

Ao ouvir sobre um *outro cliente*, Yayoi volta a perscrutar o interior do café. Além dela, a única pessoa que se pode chamar de "cliente" é o idoso cavalheiro vestido de preto sentado em uma cadeira à mesa próxima da entrada.

Só agora ela repara nele.

Ele estava sentado ali todo o tempo. Apesar disso, sua presença passara despercebida para Yayoi. Ele está impassível, lendo um livro em silêncio. Ela não prestara atenção e não podia se recordar bem, mas talvez ele estivesse lá desde cedo quando ela visitara o café.

Todavia, ao revê-lo, sente uma certa estranheza. É difícil indicar uma razão específica. Na realidade, na medida em que se está em um espaço retrô e antiquado como o do café, ele não deveria causar espanto a ninguém, mas... Se o tal cavalheiro andasse pela rua, certamente os demais transeuntes teriam a mesma impressão... A impressão de que ele vive em uma época diferente.

Em primeiro lugar, por causa da indumentária. Se Yayoi não estiver enganada, o que ele veste é com certeza o que chamam de "fraque". É um tipo de vestimenta formal masculina com a cauda do longo sobretudo bifurcada como a de uma andorinha. Além disso, o tal cavalheiro porta uma cartola de seda, apesar de estar em ambiente fechado. Sua presença traz à mente a cena de algum filme passado no final do século XIX ou início do XX. Olhando-o agora mais uma vez, sua presença se destaca. Mesmo assim, não o ter percebido talvez se deva ao fato de ele parecer fazer parte da decoração.

– Logo... aquela cadeira... deve ser... – presume Yayoi olhando para Reiji após espiar de novo o cavalheiro.

Então, se eu me sentar ali poderei voltar ao passado?, é o que seus olhos exprimem.

– Aquela ali? Ah, sim, é a pr...

Enquanto Reiji tenta confirmar, percebe ter sido desnecessário, pois, sem esperar pela confirmação definitiva, Yayoi avança até se postar diante do cavalheiro serenamente sentado.

– Senhor…

– Não adianta tentar falar com ele. – Ao mesmo tempo que Yayoi o chama, atrás dela Reiji a avisa.

– Não adianta?! O que isso significa? – Ela se vira e lança a Reiji um olhar incrédulo.

Reiji respira lentamente antes de responder.

– Ele é um fantasma.

– Q-quê?! – Yayoi mal processa o que acaba de ouvir. – O que você disse?

– Um fantasma.

– Fan-tas-ma?

– Sim.

– Tá tirando sarro de mim?

– De jeito nenhum.

– Mas eu posso enxergá-lo nitidamente.

Yayoi imagina que fantasmas são translúcidos ou que só podem ser vistos por pessoas com poderes mediúnicos.

– Eu sei, mas pode acreditar. Ele *é* um fantasma! – Reiji meio que insiste, não dando o braço a torcer.

Quem acreditaria numa história dessa?

Essas palavras, contudo, Yayoi engole.

Ali é o café da viagem no tempo. É nele que ela pretende voltar ao passado. Não é estranho Yayoi crer que pode viajar no tempo – mesmo sendo isso algo tão desejado por ela –, mas não acreditar em fantasmas? Até porque há um ali bem na frente dela. Além disso, pensa: *De qualquer forma, não vou obter respostas convincentes, mesmo pedindo detalhes.* O mesmo acontecia no caso das regras.

Logo, decide passar a aceitar o que ouve. Simples assim.

Inspira fundo e exala lentamente para se acalmar. Sua expressão, até pouco antes severa, toma ares de resignação.

– Então... O que eu devo fazer? – pergunta ela com uma voz meiga.

– O jeito é esperar – replica Reiji.

– Como assim?

– Aquele homem se levanta, sem falta, uma vez por dia para ir ao toalete.

– Fantasmas usam o banheiro?

– Sim.

Yayoi solta um breve suspiro.

Que necessidade tem um fantasma de ir ao banheiro?

Ela, de imediato, compreende a inutilidade da pergunta.

– Então eu preciso me sentar assim que ele se levantar para ir ao banheiro, correto? – Yayoi reformula a pergunta.

– Exatamente.

– Até quando devo esperar?

– Não faço ideia.

– Eu não tenho outra opção senão aguardar aquele senhor se levantar para ir ao banheiro?

– Isso mesmo.

– Entendo.

Yayoi caminha pesadamente e se senta em um banco ao balcão.

– Toma algo? – pergunta Kazu bem diante dela.

Yayoi leva um tempo ponderando antes de responder.

– Hum... me vê, por favor, um chá quente de *yuzu* com gengibre.

Apesar de ser verão, naquele horário o interior do café está um pouco friorento.

No verão em Hakodate há dias em que é possível dispensar o ar-condicionado.

– É pra já – responde Kazu, mas ao fazer menção de ir para a cozinha é interrompida por Reiji.

– Ah, pode deixar que eu preparo.

– Mas...

Passa um pouco das 20h e a jornada de trabalho de Reiji já terminou.

– Já que ainda estou por aqui mesmo…

No fundo, Reiji deseja acompanhar até o fim o que acontecerá com Yayoi. Ele pede com os olhos para Kazu e desaparece no interior da cozinha.

Sentada ao balcão, Yayoi fica de costas para o idoso cavalheiro. Seu olhar atravessa a janela.

Após um momento de reflexão, ela fala de súbito.

– Eles tinham a opção de não ter tido filho, não? – sussurra para si, como que hipnotizada pelas lanternas dos barcos de pesca.

Suas palavras são disparadas bruscamente, mas Kazu entende o que ela pretende exprimir.

Hoje de manhã, Nagare falou sobre a esposa, Kei, diante de Nanako e dos demais. Apesar do médico tê-lo alertado de que "Sua esposa precisa entender que isso vai diminuir a expectativa de vida dela", Kei dera à luz a filha Miki. Kazu se lembra como, naquele momento, Yayoi prestava atenção na conversa de Nagare com uma expressão severa.

– Ela não deveria ter dado à luz colocando a própria vida em risco – Yayoi comenta, do nada, parecendo censurá-la com base em sua própria realidade.

– Cada pessoa… – Kazu entende que não é hora de argumentar.

– Por acaso ela nasceu num ambiente favorável, certo? Se fosse como eu, obrigada a viver sozinha, sem dúvida ela odiaria a mãe por tê-la posto no mundo.

Kei faleceu pouco depois do nascimento de Miki, mas a filha tinha um pai, Nagare. E havia também Kazu e algumas clientes habituais do café, confiáveis, que ajudariam a cuidar da menina. Logicamente, Miki deve ter seus momentos de solidão, mas ela jamais estaria num ambiente ruim, fadada a viver só. Sempre haveria alguém para apoiá-la. E para protegê-la. Exceto pelo fato de ser órfã de mãe, seria, como foi, criada num ambiente saudável, cercada de amor e cuidado.

Obviamente, Yayoi não está a par de nada disso. Miki até agradeceu a Kei, sua mãe, que foi para o futuro a fim de se encontrar com ela. *Muito obrigada por ter me gerado. Muito mesmo*, havia declarado.

Mas o que teria acontecido se Miki tivesse vivido num ambiente totalmente diferente? Se, além da mãe ter morrido após o parto, ela não tivesse Nagare e Kazu? Se não houvesse ninguém com quem ela pudesse contar.

– Cada pessoa... – Kazu de fato não discorda.

Se era para viver só, melhor seria eu ter morrido.

Essas foram as palavras pronunciadas mais cedo por Yayoi ao partir. Uma menina órfã de pai e mãe não consegue viver sozinha sem depender de alguém. Provavelmente Yayoi nunca tivera a sorte de encontrar um adulto em quem pudesse confiar.

Por ter perdido pai e mãe no acidente, de início ela foi deixada sob a guarda de um tio, o irmão mais novo de sua mãe, e da esposa dele. Logicamente, o casal se comprometeu a tomar conta dela, mas o momento não era propício. A esposa acabara de dar à luz. Era o primeiro filho do casal, e, além de ambos não estarem acostumados com o trabalho que dá criar uma criança, de repente se tornaram, ao mesmo tempo, pais de Yayoi, na época com seis anos, e de um recém-nascido. Criar um filho é uma sucessão de erros e acertos e, quando se é marinheiro de primeira viagem, fica difícil saber ao certo como agir. Então, brotaram neles sentimentos que não eram de amor e adoração, e isso os fazia se sentirem culpados. Mesmo sabendo racionalmente da necessidade de amar a menina sob sua guarda, por vezes a existência da criança era um estorvo.

Se cuidar do nosso próprio filho já é dureza, por que então temos que cuidar do filho dos outros?

Crianças, mesmo as muito pequenas, sentem e entendem, pelo semblante dos adultos, o que lhes vai no coração. Yayoi, então, começou a adotar uma atitude mais reservada em relação à família. A tia se irritou ainda mais com essa postura e acabou pedindo à família da irmã mais velha do pai para cuidar da menina.

Essa tia tinha três filhas. A mais velha cursava a última série da escola primária e a mais nova tinha um ano a menos que Yayoi, na época com sete. A tia, obviamente, até estava acostumada com a criação de crianças, e por isso aceitou sem problemas Yayoi como filha.

Contudo, ali também uma dificuldade aguardava a menina. Para os adultos, a presença de Yayoi, que perdera os pais, inspirava compaixão, mas as crianças a viam como um elemento estranho, uma intrusa surgida do nada, para usurpar o amor dos pais. Como se não bastasse, quanto mais o casal tratava Yayoi da mesma forma como tratava as filhas de sangue, mais antagônica era a reação por parte delas. Obviamente, as crianças tentavam excluí-la. Embora as três primas não lhe causassem sofrimento físico, aos poucos começaram a ignorá-la. Porém, nunca o faziam na presença dos pais. Diante deles, agiam como se fossem boas irmãs, mas, pelas costas, menosprezavam a menina. Yayoi voltou a sentir a dolorosa sensação de não pertencimento. No entanto, ela não conseguiria sobreviver fora dali. O fato de não poder compartilhar isso com alguém lhe dilacerava o coração. Deprimida, passou naturalmente a culpar os pais por terem sido a causa dela ter ido parar em um segundo ambiente semelhante.

Isolamento. Solidão. Rejeição.

As feridas gravadas no coraçãozinho de Yayoi distorceram substancialmente sua personalidade. *Só viver a vida só*, conforme ela costumava dizer, representava a noção de que ninguém neste mundo necessitava dela.

Ou seja…

Viver pra quê? De nada adiantava continuar vivendo.

* * *

Quando ela chega quase à metade do chá de *yuzu* com gengibre, a quantidade de lanternas vistas pela janela já havia diminuído e os barcos de pesca… se distanciado.

De repente, *plaft*. Ouve-se o som de um livro sendo fechado.

Ao voltar o rosto na direção do tal som, Yayoi vê o idoso cavalheiro se levantando.

– Ah! – solta uma exclamação involuntária.

O homem não demonstra ter percebido a reação de Yayoi e, deslizando entre a mesa e a cadeira, começa a caminhar em silêncio até o lado da entrada onde se localiza o toalete. Por razões óbvias, não se ouve o som de seus passos.

Em silêncio absoluto ele abre a porta do banheiro, entra e desaparece, com a porta se fechando sem ruído. Não fosse o som do livro sendo fechado, Yayoi sequer teria percebido.

Ela então se levanta, num misto de hesitação e insegurança, do banco do balcão enquanto dirige o olhar para Kazu.

– Já posso me sentar? – sussurra, embora sem necessidade.

– Sim – responde Kazu interrompendo seu trabalho.

Sentindo o coração acelerar, Yayoi vagarosamente encurta a distância em relação à cadeira vazia. É inevitável ouvir o som de cada passo à medida que avança. No entanto, não se ouvia ruído algum do idoso cavalheiro que desaparecera no toalete.

Deve ser mesmo um fantasma, de verdade…

Por um instante, Yayoi sente um frio na espinha.

– Chame a Sachi, por favor – murmura Kazu para Reiji, que aguarda ao seu lado.

Kazu precisa que ele busque a filha que está no andar de baixo. É incompreensível para Yayoi o significado da menina vir naquele momento, mas Reiji capta na hora.

Hã?

– Pode deixar – ele se limita a dizer e desce a escada com pressa.

A atenção de Yayoi se concentra em Reiji descendo os degraus. Quando menos espera, Kazu já está ao lado dela, segurando uma bandeja. Yayoi não tem nem tempo de dizer algo, pois, ao perceber, Kazu havia passado por ela e já retirava a xícara de café usada pelo idoso cavalheiro.

Ela limpa o tampo da mesa com um pano.

– Por favor, sente-se. – Kazu oferece a cadeira a Yayoi. Sem esperar por uma resposta, volta para trás do balcão levando a xícara usada.

– Ah... ok – responde Yayoi para ninguém em particular e desliza o corpo entre a mesa e a cadeira.

Ao se sentar, não nota nada de diferente, de especial; é uma cadeira comum. Percebe se tratar de uma antiguidade em estilo inglês, de assento firme e estofado padrão floral. Ela achou que poderia levar um choque elétrico, mas sua expectativa é frustrada. Como voltará ao passado, deseja poder sentir algo com clareza, seja lá o que for. Desapontada, duvida que a cadeira possa realmente conduzi-la ao passado.

Em meio a tantas dúvidas, ouve a voz de Kazu lá de trás do balcão.

– Lembra da explicação de há pouco, sobre haver um limite de tempo?

– Lembro.

– A partir de agora, minha filha vai lhe servir um café.

– Como?

– Depois que ela verter o café na xícara, você poderá voltar ao passado, mas terá que retornar antes que o café esfrie.

Yayoi tem dificuldade para processar essa angustiante e reforçada informação.

– Espere um pouco... Café? Por que café?

Ela deseja um esclarecimento convincente.

– E não será você... quem vai servir, mas... sua filha? Precisa ser ela...? E mais uma coisa... é pouquíssimo o tempo até o café esfriar... não acha? Fala sério... é esse o tal... limite de tempo? Hein... Hein?

Yayoi põe pra fora tudo o que lhe vem à mente. De tão agitada, esquece por completo algo importantíssimo.

Pois essa é a regra…

Não importa o que pergunte, a resposta será sempre a mesma.

Na realidade, seria impossível retornar ao passado se em vez do café fosse servido chá ou chocolate. Mesmo Kazu não saberia afirmar o porquê de ser café. Nem é usado um grão especial. Podem até ser aqueles vendidos em cápsulas e qualquer tipo de máquina pode ser empregada para moê-los. O método de servir também é livre, podendo ser com coador ou sifão, não importa. Apenas um bule prateado, uma relíquia familiar, deve ser utilizado ao servir o café. Também seria impossível voltar ao passado caso outro bule fosse utilizado, mas ninguém conhece o motivo. No final das contas, é menos incômodo usar o argumento de *regras são regras*.

– Kazu – Reiji chama ao voltar, pouco depois, do andar de baixo. – A Sachi falou que vai se trocar e logo virá.

– Obrigada, Reiji – agradece Kazu e se posta diante de uma cabisbaixa Yayoi, que está desalentada com a explicação que a desagradou sobre haver um limite de tempo.

– Que foi? – questiona Yayoi ao reparar no semblante de Kazu.

– Ainda há mais uma importante regra…

– Mais outra regra?! – Yayoi se exaspera, entremeando um suspiro.

– Lá no passado, por favor, tome todo o café antes que esfrie por completo – informa Kazu mudando de tom.

Ela não diz com todas as letras, mas percebe-se um *impreterivelmente!* subentendido.

– Todinho?

– Sim.

Dessa vez, Yayoi não pergunta o motivo. Afinal, ela sabe muito bem qual será a resposta.

– Isso é outra regra, suponho.

– Sim.

O mais importante é que essa regra deve ser observada custe o que custar.

– Digamos que eu... – Yayoi se preocupa – não consiga tomar todo o café.

Ela quer saber por mera curiosidade. Mas, por via das dúvidas, é sempre bom estar ciente do que ocorrerá caso infrinja uma regra.

– Se você deixar de tomar todo o seu café enquanto ele ainda estiver quente...

– O que acontece?

– Será a sua vez de se tornar um fantasma e continuar sentada nessa cadeira.

Embora o semblante de Kazu se mantenha inexpressivo, o peso das palavras proferidas é maior do que nunca. Pode-se sentir a tensão no ar. Isso porque não beber todo o café significa, em última análise, *MORRER*.

Contudo, apesar do risco real sobre o que acaba de ouvir, apenas naquele momento, com as feições inalteradas, Yayoi emite um simples "entendi".

Ouve-se o barulho ruidoso de passos provenientes do andar de baixo, e Sachi aparece. Atrás dela, Nagare mostra sorrateiramente o rosto.

Sachi está de vestido branco com um avental azul-claro idêntico ao usado por Kazu durante o dia, só que em tamanho menor.

– Mãe.

Não há no semblante de Sachi sinais de ansiedade ou tensão. Não se sabe se por estar ciente da tarefa a ser realizada ou devido à inocência típica de uma criança de sete anos de idade.

Kazu assente com a cabeça.

– Aos preparativos – ela incentiva a filha a ir para a cozinha.

– Ok. – A menina desaparece a passos ligeiros para dentro da cozinha, seguida por Nagare. Ele pretende ajudá-la.

Nesse ínterim, Yayoi permanece impassível. Parece ter o pensamento distante, um olhar desfocado e silencioso para o nada.

Observando Yayoi de esguelha, Reiji se põe ao lado de Kazu e sussurra no ouvido dela.

– Será que está tudo bem?

Kazu não pergunta a que ele se refere. Mas sabe se tratar de algo que não deseja perguntar a Yayoi. Em vez disso, ela pega a xícara de chá de *yuzu* com gengibre vazia que Yayoi bebia até há pouco.

Geralmente, quando um cliente toma conhecimento de que pode se tornar um fantasma, é comum se espantar ou começar a hesitar sobre fazer ou não a viagem no tempo. Nas demais regras, mesmo havendo o benefício de se retornar ao passado, não há um malefício. Pelo menos não um como virar um fantasma.

Kazu começa a lavar a xícara na pequena pia atrás do balcão.

Reiji continua a falar, baixinho.

– Entretanto, mesmo ouvindo sobre a possibilidade de virar um fantasma, ela parece despreocupada.

Apenas o ruído da água escorrendo na pia reverbera, quebrando o silêncio do interior do café.

Reiji baixa ainda mais o tom de voz.

– Estou com uma sensação ruim quanto a isso…

Reiji ouvira de Yayoi mais cedo: *Melhor seria eu ter morrido*. É natural estar preocupado. Todavia, Kazu apenas fecha bem a torneira da pia sem tecer comentários.

– Kazu…

Ouve-se a voz de Nagare proveniente lá da cozinha. Ao mesmo tempo, Sachi aparece. Ela carrega desajeitadamente uma bandeja prateada à altura dos olhos. Na bandeja há o bule prateado e uma xícara branca. A xícara de café vazia treme sobre o pires emitindo um tilintar.

Sachi se aproxima de Yayoi, com Kazu acompanhando-a.

– Kazu. – Apreensivo, Reiji a chama.

– Não se preocupe – é tudo que diz, sem se virar, deixando Reiji sem ação.

Com sete anos apenas, Sachi ainda não consegue equilibrar a bandeja com uma única mão para entregar a xícara com a outra. Kazu a auxilia. A mãe segura a bandeja por trás da filha, enquanto a pequena coloca, com as duas mãos, a xícara diante de Yayoi.

– E as regras? – pergunta Sachi ao pegar o bule prateado. Ela não estava presente quando Kazu e Yayoi conversaram. Deseja saber se deve explicar as regras desde o começo, pois entende perfeitamente bem o teor do trabalho a ser executado.

– Elas já foram explicadas – avisa Kazu e sorri com doçura.

– Entendi. – Sachi segura o bule pela alça, girando-o na direção de Yayoi.

– Devo seguir em frente?

Sachi deseja confirmar se Yayoi está preparada emocionalmente.

– Por favor – responde Yayoi baixando os olhos como para evitar confrontar o olhar de Sachi.

Reiji e Nagare observam a interação entre as duas com um semblante enigmático. No entanto, cada um deles sente algo totalmente diferente naquele momento. Reiji se preocupa se Yayoi decidirá não retornar do passado, enquanto Nagare se inquieta se Sachi realizará a contento os procedimentos.

Apenas Kazu mantém o semblante inexpressivo.

– Então, vou continuar... – declara a menina, olha para Kazu atrás dela e abre um lindo sorriso. – Antes que o café esfrie.

Ela começa a verter lentamente o café na xícara.

Apesar de segurar com as duas mãos a alça, o bico do bule treme de leve, supostamente por ser ainda pesado para uma criança dessa idade. É linda a visão dela observando com atenção o bico do bule, totalmente concentrada em não derramar o café.

Que gracinha ela é.

Mesmo Yayoi, com a foto em mãos e aparentemente com o pensamento distante, encanta-se instantaneamente.

Nesse momento, da xícara repleta de café até a borda surge lentamente um fio de vapor. A cena ao redor começa a ondular e tremeluzir.

– Ah! – Yayoi solta uma exclamação involuntária.

O que espirala não é a cena, mas ela própria. Seu corpo começa a ascender, fundindo-se ao vapor que se ergue do café. Ao mesmo tempo, a cena que ela vê flui de cima para baixo.

Já dentro desse fluxo, Yayoi começa a refletir sobre os eventos ocorridos no café como num *flashback*. Da manhã à noite, da noite à manhã. Um fluxo que, embora breve, parece longo.

Estou voltando no tempo.

Yayoi fecha vagarosamente os olhos. Não sente medo. Sabe o que quer.

Apenas uma coisa é importante para ela. Como causar um sofrimento maior do que o que ela experimentou? Afinal, por mais que se empenhasse, a amarga realidade não mudaria.

Por isso, esta seria a sua vingança. A vingança contra os pais que morreram, deixando-a sozinha.

Yayoi detestava quando os pais eram convidados para algum evento na escolinha. Isso acontece em toda escola, e na de Yayoi sempre havia um a cada trimestre, num total de três por ano.

"Aquela ali não é a sua mãe de verdade, né, Yayoi?", ela era obrigada a ouvir dos colegas sempre que havia visita. Certa vez, brigou com um garoto que visivelmente a provocava com esse tipo de comentário.

Porém, havia outros ainda mais exasperantes.

Nos dias de visita dos pais, alguns colegas costumavam dizer: "Não queria que meus pais viessem, que vergonha!". Órfã de pai e mãe, essas palavras faziam Yayoi sofrer a ponto de quase ir às lágrimas. Afinal, por mais que sonhasse com isso, seus pais não compareceriam. A ausência deles era terrível e dolorosíssima. E assim continuaria por toda a sua existência.

Não há mais nada para mim nesta vida.

Desde os tempos da escola primária, os sentimentos de Yayoi começaram a descambar para o pessimismo. No último ano do fundamental, a raiva em seu coração já era tão poderosa, que ela começou a se comportar com agressividade em casa. Incapaz de dar conta, a família da irmã mais velha do pai acabou colocando-a em um serviço de acolhimento. Isso só contribuiu para exacerbar ainda mais sua solidão.

Ninguém era capaz de compreender seus sentimentos. Ela se deu conta de que precisaria, por fim, viver sozinha e começou a se trancar dentro de si. Cada vez mais.

Ao entrar para o ensino médio, ela deu para matar aula. Mesmo quando eventualmente ia à escola, a felicidade dos colegas, que tinham pais, irritava-a profundamente. Ela se enraivecia só de ouvi-los falar sobre os pais, e isso a fazia detestá-los. Frequentar a escola só servia para angustiá-la mais ainda.

Obviamente, Yayoi não terminou o ensino médio. Logo começou a fazer pequenos bicos e não retornou para o serviço de acolhimento. Passava dias e noites em *lan houses*. Tornou-se uma refugiada de *cybercafés*. Quando não fazia frio, chegou até a dormir ao relento. Incontáveis vezes ela chorou antes de dormir, deitada no chão duro de uma calçada, exposta às intempéries.

Ela não entendia o motivo de ter que conviver com tanto sofrimento. Mesmo assim, seria triste demais morrer daquele jeito. O único sentido remanescente em sua vida seria procurar o café onde fora tirada a única foto deixada pelos pais.

Seis meses antes, ela descobrira, postada num site, uma foto do interior de um café que não lhe era estranho. Localizado aos pés do Monte Hakodate, na cidade de mesmo nome. Segundo determinada lenda urbana, dizia-se que nesse café era possível viajar no tempo.

Se isso for verdade...

Até então, Yayoi ganhava apenas o suficiente para sobreviver, mas trabalhou com afinco por seis meses, economizou um dinheiro para a passagem de avião, e partiu para Hakodate.

Se for possível voltar ao passado e assim eu puder encontrar meus pais...

Quando ela olhava os pais sorridentes, irradiando felicidade na foto, um estranho sentimento de vingança lhe assaltava o coração.

A morte de vocês tornou sua filha uma pessoa infeliz!

Ela queria desabafar, botar pra fora toda a sua raiva.

Minha vida acabou. Não há mais como voltar atrás.

Yayoi queria morrer, mas não sem antes fazer os pais provarem um décimo – um décimo, não, um centésimo já seria suficiente – de todo o seu sofrimento, tristeza e decepção.

Não quero simplesmente morrer como estou agora.

E, naquele dia, Yayoi visitou o café. E sem dinheiro para a passagem de volta.

Por um instante, Yayoi se depara com uma luz cegante, e nada mais. Logo depois, volta a sentir seus braços e pernas, até então dormentes. Enquanto bloqueia a luz com aquilo que entende ser sua mão, abre os olhos devagarinho e enxerga a janela reluzindo um branco imaculado em toda a sua extensão. Ela não enxerga mais as lanternas dos barcos de pesca flutuando pela escuridão do mar. O que há ali é um céu azul sem nuvens e o Porto de Hakodate, assim como o vislumbrara durante o dia.

Eu voltei ao passado.

Yayoi percebe num átimo. Da noite para o dia, o mundo se transformara. Nem a menina chamada Sachi, que estava diante dela, nem Kazu e os outros estão ali. Em seu lugar há dois rapazes desconhecidos de quase 30 anos de idade e, no assento junto ao janelão, uma senhora. Atrás do balcão está Yukari, a mulher sorridente retratada na tal foto.

Os olhares das duas se cruzam por um instante. Porém, Yukari apenas executa um leve cumprimento com a cabeça sem interromper a conversa com as três pessoas diante dela.

– Então? Decidiram o nome da dupla?

– Sim – responde o rapaz; ele é baixinho, mas tem um belo físico. Usa óculos de armação prateada.

– Qual será?

– PORON DORON – ecoa a voz aguda do outro rapaz, magro e alto.

Como?

Yayoi se surpreende ao ouvir esse nome. PORON DORON é uma dupla de comediantes superpopular, que vinha amealhando um estrondoso sucesso nos últimos anos. Se fossem realmente os dois, o rapaz alto era Hayashida, o cabeça de vento pastelão da dupla, e o de óculos de armação prateada, Todoroki, o que desempenha o papel do amigo sério e sensato. Yayoi os conhecia por formarem a famosíssima dupla de comediantes. Porém, os humoristas do PORON DORON que ela conhecia não eram tão jovens como aqueles dois.

Não havia dúvida. Ela estava no passado.

– PORON DORON? – repete Yukari, em voz miúda, o nome decidido por eles.

– O que acha? – perguntam em uníssono Todoroki e Hayashida encarando-a. Ambos parecem tratá-la como uma irmã mais velha. Eles esperam ansiosos sua reação.

– É um nome excelente! – exclama. – Maravilhoso! Vitorioso! Merece uma medalha de ouro! Vai ser um tremendo sucesso!

O semblante dos dois explode de felicidade.

– Acertamos na mosca!

– Ufa, ainda bem!

– Viramos a noite matutando um nome que te agradasse, não foi?

– Nem fala!

Os dois trocam uma efusivo aperto de mão, são pura alegria.

– Mas é realmente um ótimo nome, fácil de lembrar... Como é mesmo? DORON DERON?

– PORON DORON!

– Ah, sim, sim.

Ela erra, apesar de ter afirmado que era um nome fácil de guardar.

– Pior é que você acabou de nos dizer que era um nome vitorioso, né?

– Mil desculpas – pede de mãos juntas.

– Ah, você nos enganou direitinho, Yukari. – Os ombros de Todoroki tremem de tanto dar risada.

– Enganou mesmo! – Hayashida exclama e suspira deliberadamente.

– Não está na nossa hora? – De súbito, ouve-se a voz de uma mulher de pé atrás dos dois. Bem mais jovem do que eles, ela tem a pele bem clara, lindas feições, um jeito calmo e ar maduro.

Eles precisam pegar um voo e lhes resta pouco tempo.

– Você vai junto com eles, Setsuko?

– Lógico! Eu não perderia isso por nada neste mundo – responde sem hesitação a moça chamada Setsuko.

– Deem tudo de si. Tudo!

– Diga isso a esses dois patetas – brinca Setsuko e solta uma risadinha.

– Nós? Patetas? Como ousa? – Todoroki suspira alegremente.

De repente, Yukari se vira na direção de Yayoi.

– Você veio do futuro? – pergunta de chofre.

Apesar de estar vendo a mulher pela primeira vez, Yukari não a cumprimenta. Fala como se continuasse uma conversa interrompida pouco antes.

– Ah, sim – responde Yayoi instintivamente.

– Hum...

Os dois rapazes parecem notar pela primeira vez a presença dela.

– Bem, tá na nossa hora, não podemos perder o voo... – anuncia Todoroki e, mais do que depressa, pega a grande bolsa de mão ao seu lado.

Por tratarem Yukari como uma irmã mais velha, eles logicamente estão bastante cientes das regras do café.

– Ok. Esforcem-se ao máximo. Estarei torcendo por vocês!

Os três fazem uma profunda reverência e deixam para trás o café.

DA-DING-DONG

Yukari se despede casualmente dos três, talvez preocupada com Yayoi. Se ela está sentada *naquela* cadeira, é porque, com certeza, veio encontrar alguém. Além disso, há um limite de tempo.

– Eles vão para Tóquio. Vão tentar a sorte como astros da comédia – explica evitando perguntar de imediato "*Quem você veio encontrar?*". – Eles têm esse sonho! – complementa, como se tivesse uma cliente habitual do café como interlocutora. – Qual sua graça?

– Oi?

– O seu nome! Ou será que não tem?

– Me chamo Yayoi.

– Yayoi?

– Sim.

– É um lindo nome – afirma Yukari juntando as mãos na altura do peito como em oração. A expressão no rosto de Yayoi não muda ao ouvir o elogio; ela apenas abaixa o olhar.

– O que houve?

– Detesto meu nome.

– Por quê? Ele é tão bonito...

– Foram meus pais que me deram e eu odeio eles.

Ela pronunciou a palavra "odeio". E não foi da boca pra fora. Porém, Yukari não se abala. Ela se inclina sobre o balcão.

– Então... Não me diga que veio dar uma bronca nos seus pais por terem colocado esse nome em você? – pergunta com olhos reluzentes de curiosidade.

Quem é essa mulher, afinal?

Mais do que alguém que acaba de adivinhar seus verdadeiros sentimentos, Yayoi não aprecia a atitude de Yukari, que a perscruta com olhos curiosos. Yayoi expõe com clareza seu descontentamento.

– E por acaso isso é errado? – revida, o punho em riste. Sabe que de nada adiantará brigar com alguém que acabou de conhecer. Porém, não consegue se conter. Todavia, Yukari não tem a intenção de repreender Yayoi.

– Você pode dizer sinceramente o que quiser. Afinal, não importa o que diga, nada mudará o seu futuro.

– Quem é essa mulher... – As palavras saem involuntariamente da boca de Yayoi. Além disso, as pessoas com quem ela quer acertar contas ainda não apareceram.

Terei me enganado?

Ela visualiza mentalmente o dia para o qual deveria ter voltado.

Pensando bem...

Ela não se lembra de ter perguntado como fazer para voltar exatamente na data desejada. Apenas segurou a foto e desejou vagamente: "*Quero voltar ao dia em que esta foto foi tirada*".

– Ah...

Ela se recorda da conversa de Nagare com as clientes mais cedo naquele dia. Quando a esposa dele veio do passado, ela almejava regressar às 15h, dez anos à frente, mas, devido a um engano, acabou chegando às 10h, quinze anos no futuro. Para informar isso, Nagare anunciara que precisava dar um telefonema e saiu do café.

Yayoi não entendeu em detalhes a situação, mas se lembrava de ter pensado consigo mesma: *Um engano desses é possível?*

Considerando a idade da dupla PORON DORON, não havia dúvida de que Yayoi retornara para quase vinte anos atrás. O problema não era somente o "dia", mas também o "horário". Ela não visualizara mentalmente nenhum horário em particular. Apenas desejara retornar ao "dia" da foto. Um dia tem 24 horas, mas seu café provavelmente esfriará em, no máximo, quinze minutos apenas. Se nesse meio-tempo ela não conseguir encontrar os pais, de nada terá adiantado retornar ao passado.

Se ela soubesse a data e o horário exatos, assim como no caso da data que havia no verso da foto...

Espere um pouco! Espere, espere, espere! Com certeza...

Yayoi procura às pressas dentro da bolsa a tal foto. Está ali, na foto. Nela se vê um dos relógios do café. Atrás de Yukari e dos pais sorridentes com ela no colo há um enorme relógio de pêndulo marcando...

13h30.

Ela checa o próprio relógio. Agora são...

13h22.

Faltam oito minutos. Faltam oito minutos!

Instintivamente, ela envolve a xícara de café com as mãos para verificar a temperatura. Não está pelando, mas ainda levará algum tempo até esfriar por completo.

Ela suspira aliviada. Isso porque imagina que as pessoas a quem ela quer se queixar vão sem dúvida aparecer.

E, como previsto, a hora chega.

DA-DING-DONG

O som da campainha reverbera. Yayoi está tensa.

Eu finalmente poderei encontrá-los.

Só de pensar nisso, sua respiração se torna ofegante.

Eu finalmente poderei encontrá-los?

Afinal por que, apesar de desprezá-los, ela tanto anseia por esse encontro?

– Olá, bem-vindos... Nossa, que surpresa! Ó meu *Deeeus,* que fofura! – Eufórica, Yukari eleva a voz para receber Miyuki Seto, com um bebê no colo, e o marido Keiichi. Ela envolve Miyuki em um abraço carinhoso.

– Parabéns! Então você teve alta hoje do hospital, certo? Por que não me disse nada? Eu poderia ter ido buscá-la, né? Vocês vieram especialmente até aqui? Ah, isso me deixa *tããão* feliz! Que alegria! Estou tão contente que nem ligaria se o mundo acabasse amanhã! – dispara Yukari de uma só vez, não cabendo em si de tanta felicidade.

– Exagerada como sempre, né, Yukari? – diz Keiichi gargalhando. Ao seu lado, Miyuki sorri.

Logicamente, os dois estão idênticos à foto. O bebê nos braços de Miyuki está envolto numa manta azul-clarinha.

Miyuki parece perceber Yayoi os observando perplexa e, sorridente, faz um cumprimento com a cabeça.

– Que coisinha mais linda! É uma menina? – Yukari espia dentro da manta.

– É.

– Deixa eu ver com quem se parece. – O olhar de Yukari faz um vaivém entre Miyuki e Keiichi.

– Deve ser com a minha esposa. Se fosse parecida comigo, não seria tão graciosa – comenta Keiichi, meio acanhado.

– Sem dúvida.

– Opa! Querida, não precisava concordar comigo.

– Desculpe, fui sincera demais, né?

– Poxa vida...

O café está repleto de uma atmosfera de harmonia e felicidade.

Que droga é essa?

Uma semente de raiva brota no coração de Yayoi.

Só eles parecem felizes...

Voltam-lhe memórias de infância e a terrível sensação de não pertencimento a lugar algum onde a foram deixando.

Tudo culpa de vocês por terem morrido.

As lembranças de ser sempre ignorada pelas primas, de ter abandonado a escola, de não ter podido terminar o ensino médio, de viver de bicos, na rua... Essas memórias atravessam sua mente confusa, como num turbilhão.

Por que eu tive que sofrer tanto?

Não é somente raiva o que ela sente.

Apesar das três pessoas estarem a apenas dois ou três metros diante dela, Yayoi sente haver um abismo entre seus mundos.

De um lado, a felicidade; do outro, a infelicidade.

Ela se sente desprezada e triste por não fazer parte daquele círculo.

Yayoi não pode se levantar da cadeira, e essa regra a faz se sentir ainda mais excluída. Ela encara tudo de forma cada vez mais negativa.

Por que só eu tenho que padecer tanto?

É duro para ela observar os três. Seus ombros tremem e, cabisbaixa, lágrimas de ressentimento começam a escorrer.

A tristeza com seu próprio infortúnio. Ninguém para salvá-la da dolorosa solidão.

Dane-se. Vou deixar o café esfriar e me transformar num fantasma.

Justamente quando toma essa decisão...

– E pensar que houve uma época em que eu considerava que, se era para viver só, melhor seria eu ter morrido – lamenta, e uma melindrada voz feminina penetra os ouvidos de Yayoi.

Hã?!

São as mesmas palavras pronunciadas por ela quando deixara o café mais cedo. Porém, desta vez não saíram de sua boca.

Quem...?

Só poderia ter vindo de uma pessoa.

Não pode ser...

Ao erguer o olhar, Yayoi vê Keiichi segurando a neném enquanto Miyuki faz uma reverência profunda com a cabeça na direção de Yukari.

A dona da voz é Miyuki, mãe de Yayoi.

Miyuki ergue o rosto antes de prosseguir.

– Não tenho palavras para lhe agradecer, Yukari.

– Agradecer?

– Sim.

Yayoi não compreende o motivo de Miyuki ter, do nada, dito aquilo. Afinal, até pouco antes ela irradiava alegria, não? Sem falar no fato de que, na fotografia, os dois se apresentavam como a típica família-comercial-de-margarina, que causa inveja a qualquer pessoa.

Como é que é? Que diabos é isso?!

Os ouvidos de Yayoi estão pregados nas palavras de Miyuki.

– Meus pais desapareceram quando eu tinha quatro anos e fui sendo passada de mão em mão entre parentes. Nunca me senti pertencendo a lugar algum.

Hã?! Não é possível!!!

Yayoi chega a duvidar do que ouve. Ela nunca tinha ouvido que a mãe fora abandonada quando criança.

– Nossa, que tristeza.

– Depois de me formar no ensino médio, meus tios decidiram que não iriam mais bancar meus estudos e disseram que eu teria que me virar para ganhar a vida. Comecei a trabalhar, mas era superdesastrada e vivia cometendo erros.

– Hum, hum.

– De tanto sofrer bullying dos colegas, eu não aguentei e pedi demissão. Minha família acabou me expulsando de casa, me culpando por eu não ter perseverança suficiente.

– Que história horrível.

– Por que só eu tinha que sofrer tanto? Enquanto outras pessoas viviam vidas felizes, a minha era triste por não poder ser como a delas... aonde quer que eu fosse. Comecei a considerar inútil continuar vivendo.

Ouvindo atentamente a história de Miyuki, lágrimas brotam em Yukari.

– Cinco anos atrás, no inverno... Se você, Yukari, não tivesse conversado comigo naquele dia, eu teria me jogado do píer nas águas congelantes da baía e...

– Eu me lembro perfeitamente daquele dia.

– Se eu não tivesse encontrado este café...

– Eu trouxe você à força, não foi? Isso mesmo, eu me recordo bem.

– ... eu jamais seria tão feliz como sou hoje.

– Não exagere.

– Só posso agradecer a você de todo o coração. – Miyuki de novo abaixa bem a cabeça numa reverência profunda.

Yayoi não está acreditando. Pela primeira vez ela ouvia essa história. Assim como ela, Miyuki também havia sido separada dos pais quando criança, trabalhara após se formar no ensino fundamental, fora alvo de bullying, sofrera horrores... E chegara até a cogitar suicídio.

Apesar de tudo isso...

A situação era completamente diferente. Enquanto Yayoi tivera uma vida de cão, de abandono e descontentamentos, Miyuki havia encontrado alguém que lhe estendera a mão. Alguém que havia salvado sua vida.

Yayoi está concentrada na conversa das duas a ponto de esquecer de respirar.

– Agora erga essa cabeça! – encoraja Yukari.

Ouvindo isso, Miyuki levanta devagar a cabeça.

Com um sorriso doce, Yukari olha para ela.

– Você lutou demais, sem desistir. Persistiu. Não houve mágica. Sua realidade não mudou simplesmente porque eu a chamei naquele dia, não é mesmo? Sua dolorosa situação não foi alterada em nada. E o que você é hoje se deve exclusivamente ao seu esforço pessoal em busca de um futuro feliz.

Miyuki ouve cada palavra de Yukari assentindo com a cabeça. Lágrimas grossas escorrem pelas suas bochechas.

– Vamos, levanta essa cabeça. Tenha orgulho de si. Sorria. Não tenha medo. É importante tentar sempre manter um rosto sorridente!

– Ok – responde Miyuki erguendo o rosto e estufando o peito. Nas faces molhadas de lágrimas desabrocha um enorme sorriso.

– É isso aí, garota! É esse rosto lindo que eu quero ver. Um semblante alegre. Não se acanhe. Esse rosto sorridente é fundamental!

Yukari também sorri, toda satisfeita.

– Ah, já ia me esquecendo... – Yukari se sobressalta e dá um tapa na mão como que se repreendendo. – O nome... Qual o nome da bebezinha?

– Nossa, tem razão... Ainda não dissemos.

Miyuki olha para Keiichi, que segura a neném. Ele então a entrega a Miyuki.

Yayoi não precisa ouvir o nome para saber.

– Yayoi – informa Miyuki.

Meu nome.

– Nossa pequena Yayoi...

Meu nome, que me foi dado pela minha mãe.

Faz-se um longo silêncio...

Não, talvez fosse um mero instante. O olhar de Yayoi encontra o de Yukari.

– Então essa belezinha se chama Yayoi, não é mesmo? – sussurra Yukari olhando para a bebê. – Que lindo nome... – diz e acaricia gentilmente a bochecha da neném.

A bebê Yayoi sorri franzindo o rostinho.

Gong.

O relógio localizado na parede principal soa breve e baixinho, uma única vez, com a badalada indicativa de meia--hora ecoando longamente. São 13h30.

Yayoi olha o relógio na foto.

Keiichi retira uma câmera da bolsa.

– Que tal tirarmos uma foto de recordação? – propõe, fungando.

– Por que não? Vamos?

Yukari pega a câmera e se aproxima de Yayoi.

– Oi? – Pega de surpresa, Yayoi arregala dos olhos.

– Poderia tirar uma foto nossa? – pede Yukari estendendo--lhe a câmera.

– Ah, hum...

Miyuki e Keiichi dirigem a ela um olhar ansioso.

– Por favor – sorridente, Miyuki faz um cumprimento com a cabeça.

– É... tá, claro.

Yayoi pega a câmera da mão de Yukari e espia pelo visor.

– Ah! – exclama involuntariamente.

Essa composição...

Miyuki ao centro com a pequena Yayoi nos braços, ladeada por Keiichi e Yukari. Atrás, o enorme relógio de pêndulo marcando 13h30 e a luminosidade sendo filtrada pela janela.

Diante de Yayoi se descortina exatamente a mesma cena da foto que ela observara inúmeras vezes.

Ela apoia o dedo sobre o botão do obturador.

– Basta apertar aqui?

– Isso mesmo – responde Yukari. Dentro do visor, Miyuki sorri para Yayoi.

Ah...

Nesse instante, Yayoi percebe algo. Desde que os pais morreram, ao ver a foto ela sempre se sentia descartada, suprimida, como se fosse a única pessoa fora da cena. Mas ela estava redondamente enganada. Ela está, sim, na foto. Sorridente, nos braços da mãe... *Essa felicidade era tanto dos meus pais como minha*, reflete.

– Vou tirar a foto.

Sua visão está turva, não consegue enxergar bem.

– Digam X.

Ela aperta silenciosamente o botão.

– Obrigada.

– Imagina – replica ao ouvir o agradecimento de Miyuki e abaixa o rosto. Sem dar uma palavra, devolve a câmera a Yukari.

– Tem certeza de que está tudo bem? Não quer xingar, se queixar, se vingar... – sussurra Yukari com um semblante ligeiramente provocador.

Ela sabia exatamente quem Yayoi viera encontrar!

– Não há mais necessidade – responde com o coração apertado e estende a mão para a xícara de café. Havia amornado bastante.

Quem sabe se eu não desistir e lutar ainda mais...

De um gole só ela toma todo o café.

Seu corpo passa a tremeluzir e espiralar. Sente uma tontura e o corpo vaporizado começa a flutuar.

Percebe que Miyuki e os outros olham sua ascensão em direção ao teto. Sabe que nunca mais poderá se encontrar com eles. Então, grita enquanto sua consciência aos poucos desvanece.

– Mãe! Pai!

Será? Ela não tem como saber se eles a ouviram.

Quando Yayoi dá por si, já está admirando as pequenas luzes das lanternas flutuantes dos barcos de pesca na baía. Da manhã até a noite. O interior do café está envolto na tênue cor alaranjada dos abajures.

– Ah...

Ela voltou.

Miyuki e o pessoal já não estão mais diante dela. No lugar deles, ela vê Sachi a espreitando ansiosa e os demais ao seu redor a observando.

Não é um sonho...

Na foto em sua mão há a imagem de Miyuki vista pelo visor da câmera.

Não foi um sonho...

Yayoi cerra lentamente os olhos, seus ombros tremem.

Gong.

O relógio da parede principal anuncia 20h30.

Devido ao gongo, Yayoi "desperta" e percebe que o idoso cavalheiro de preto voltou do toalete e está parado na frente dela.

– Ah... – Ela se levanta às pressas vagando a cadeira para ele. – Me perdoe.

O homem abaixa a cabeça numa reverência e, em silêncio, desliza o corpo entre a mesa e a cadeira.

– Então, como foi? – pergunta Kazu enquanto passa ao lado de Yayoi, retira a xícara por ela usada e serve um novo café ao cavalheiro.

– Eu... – Ela tem nas mãos a foto. – No final das contas, eu jamais estive sozinha – responde. Seu semblante está lívido em contraste com as pupilas dilatadas.

– É mesmo? – diz Kazu com o rosto inexpressivo, e Reiji, preocupado por achar que Yayoi nunca retornaria do passado, sentado numa cadeira próxima, solta um profundo suspiro de alívio.

Ignorando o que Reiji achava, Yayoi se dirige ligeira ao caixa.

– Quanto eu devo? – pergunta com voz entusiasmada, entregando a comanda.

No entanto, Kazu permanece imóvel.

Ela está mais perto do caixa do que Reiji. Nesse caso, seria natural que ela assumisse o caixa – em circunstâncias normais ela o faria. Porém, ela se limita a observar fixamente e não faz menção de se mover de onde está, diante da cadeira da viagem do tempo.

Nessas horas, a reação de Reiji costuma ser imediata. Ele se levanta e logo se dispõe a ir até o caixa no lugar de Kazu.

No entanto, com um gesto de mão, ela o interrompe.

O que está havendo com Kazu?

Reiji inclina a cabeça desconcertado.

– Ainda não acabou! – anuncia Kazu para Yayoi e olha para o idoso cavalheiro sentado na cadeira.

Nesse instante...

Subitamente, o corpo do cavalheiro se vaporiza, ascende e é tragado pelo teto. Por baixo do vapor surge uma mulher vestindo um casaco Montgomery de lã um tanto sujo. Essa cena de troca instantânea entre duas pessoas se assemelha a um truque de ilusionismo.

Acostumados com a cena, Kazu, e Nagare em particular, não se espantam. Por sua vez, Sachi tem os olhos reluzentes, como se presenciasse um incrível número de mágica. Não é a primeira vez que Reiji assiste ao espetáculo, mas parece espantado por ter ocorrido logo após o retorno de Yayoi.

– Hã?! – Apenas Yayoi, diante do caixa, está completamente impressionada por testemunhar o fenômeno.

– Que lugar é este? – pergunta, numa voz rouca, a mulher surgida debaixo do vapor.

Ela perscruta o interior do Donna Donna com o semblante lívido, e não é simplesmente devido ao espanto. O rosto está encovado, cianótico, os lábios ressecados, os olhos opacos. Seu estado de saúde, se negligenciado, pode até levá-la à morte. A roupa maltrapilha também passa a impressão de ter sido encontrada no lixo.

O corpo da mulher treme ligeiramente.

– Mãe… – sussurra por fim Yayoi.

Porém, mesmo tendo pronunciado a palavra, ela não acredita ser real.

Quem surgiu na cadeira foi Miyuki, mãe de Yayoi.

No entanto, a Miyuki diante dos olhos de Yayoi está completamente diferente daquela que ela vira pouco antes no passado. A sensação de sua presença, de tão tênue e fraca, parece prestes a desaparecer a qualquer momento.

– Ué, é a sua mãe? – Reiji tampouco compreende bem a situação.

– O que houve? – Kazu pergunta serenamente a Miyuki.

É o mesmo tipo de atenção que ela dispensaria a qualquer outro cliente.

Como um cãozinho assustado, Miyuki ergue os olhos na direção de Kazu e, depois de um breve momento, responde: *Não sei*.

Ela de fato não faz a mínima ideia do que aconteceu.

– A senhora dona deste café me chamou… Me fez sentar nesta cadeira e me serviu um café. Depois, senti uma tontura e… quando percebi…

Miyuki tampouco parece ter noção de onde está. É natural que ela se espante, porque, embora o aspecto do interior do café permaneça o mesmo, a pessoa diante dela desapareceu e surgiu um pessoal desconhecido.

Presenciando a confusão mental de Miyuki, Kazu procura falar lenta e docemente.

– Você não ouviu dessa senhora do café algum tipo de explicação?

As regras, provavelmente.

Apesar de ser algo que acabou de acontecer, Miyuki é incapaz de responder de imediato. Há um breve silêncio.

– Ela me mandou fechar os olhos... e imaginar o futuro que eu desejava ver... – relata, meio desnorteada.

– O futuro que você desejava ver? – intervém Nagare.

As pessoas ali entendem que Miyuki veio do passado. Porém, Nagare reage ao ouvir esse *O futuro que eu desejava ver*. São palavras por demais vagas para se mandar alguém para o futuro. E parece óbvio que foi a proprietária do café, mãe dele, quem deu a ordem.

Como sempre, as orientações dela são bastante displicentes, Nagare reclama para si mesmo.

As orientações são confusas, Reiji pensa o mesmo. Por isso, desde que começou a trabalhar no café, ele substituía Yukari na hora de explicar as regras. E justamente por isso detém um profundo conhecimento delas.

– O que mais?

– Além disso... – Ao responder à pergunta de Kazu, Miyuki abaixa o olhar para a xícara de café diante dela. – Ela me disse para tomar todo o café antes que esfriasse...

– Apenas isso? – pergunta Nagare.

– Sim.

– Isso é surreal! – Nagare coça a cabeça já entremeada de alguns fios brancos.

Ela deve ter perdido o juízo! Não importa qual o motivo, explicar apenas isso e mandar alguém para o futuro? É inacreditável! É muita irresponsabilidade! Como membro da família Tokita, Nagare se enfurece com o total desleixo na maneira de agir de Yukari. Porém, de nada adiantaria se queixar disso naquele momento, ainda mais na frente de Miyuki.

Miyuki mostra um semblante perplexo.

– Aqui é...

Ela não deseja saber onde está, mas, sim, conhecer as circunstâncias de estar ali. Kazu entende ser isso o que ela quer perguntar. Assim sendo, explica, de forma sucinta e didática, tratar-se de um café onde se pode viajar no tempo.

– Aqui estamos, algumas dezenas de anos no futuro... No futuro que você desejou ver – conclui.

Deixando a cargo de Miyuki acreditar ou não, Kazu transmite a real situação, sem escolher as palavras ou adorná-las. Decerto não é algo em que Miyuki acredite de imediato.

– Futuro?

Por que diabos aquela mulher me mandou para um lugar como este? Essa dúvida ocupa a mente de Miyuki.

De repente, ela percebe uma mulher do outro lado do salão observando-a. Ela ignora se tratar da própria filha. Não teria como saber. Porém, Yayoi está ciente de que Miyuki é a sua mãe. Assim como de sua aparência ser de uma época anterior à do seu nascimento. Mesmo ignorando como lidar com a situação, Yayoi precisa dizer algo.

– Bem... ah... é que... eu... – titubeia numa voz minúscula ao se dirigir a Miyuki.

Mas para por aí. Não tem ideia de como dar continuidade. É incapaz sequer de decidir se deve ou não se identificar. Além disso, não consegue olhar diretamente para Miyuki de tão lastimável e debilitada que está sua aparência. Ao retornar pouco antes ao passado, Yayoi ouvira, com certeza, a história sobre como a mãe fora introduzida na sociedade, como as coisas não progrediram a contento para Miyuki, como ela só acumulara fracassos no trabalho e, desistindo de continuar vivendo, pensara em se atirar nas águas congelantes da baía.

Entretanto, Yayoi não tinha como imaginar quão ruim fora a situação. Vendo, diante de si, o estado de Miyuki, julga que o sofrimento pelo qual ela própria passara era incomparável com o que a mãe vivenciara. O fato é que Yayoi dera um jeito de comprar a passagem de Osaka até Hakodate, tinha dinheiro suficiente para a alimentação e suas roupas não a faziam sentir-se envergonhada em público.

Comparado a isso…

Sentiu o peito apertar. Apesar de querer dizer algo, não encontrava as palavras certas.

Talvez por ver o semblante tão dilacerado de Yayoi, Miyuki se dirige a ela além da caixa registradora numa voz gentil.

– Está tudo bem com você?

No instante em que ouve essas palavras, o coração de Yayoi é dominado pelo remorso.

Que filha idiota eu fui! Eu queria voltar ao passado para xingá-la, para reclamar? Que grande imbecilidade! No final das contas, eu fui muito egoísta. Que ser deplorável eu sou! Muito mesmo!

Yayoi se cala e Miyuki a observa com curiosidade.

– Ela é… – Kazu quebra o silêncio. – Sua filha – declara e lentamente se afasta de Miyuki.

Yayoi permanece imóvel.

Porém… Ela já esperava que alguém pudesse revelar. Pois ela própria não era capaz de tomar a iniciativa. Kazu deve ter detectado o que se passava no coração de Yayoi.

Bem devagarzinho, Yayoi vai erguendo rosto. Até que os olhares de mãe e filha se encontram. Mesmo se espantando com as palavras de Kazu, Miyuki encara Yayoi.

– Minha… – sussurra após um breve silêncio.

Os olhos de Yayoi estão marejados. As lágrimas acabam se tornando a resposta.

– Minha…

De repente, Miyuki cobre o rosto com as mãos, seus ombros pesam e se sacodem, e ela cai em prantos.

– O que houve? Como é possível? – Involuntariamente, Yayoi esboça uma corrida até a cadeira onde Miyuki está sentada.

Quanto mais ela se aproxima, mais os pulsos finos e o casaco sujo chamam sua atenção e lhe partem o coração.

– M-mãe... –Yayoi a chama com a voz trêmula.

– Eu pensei em me matar...

Yayoi ouvira o motivo quando estava no passado, mas instintivamente pergunta *Por quê?*

– Eu perdi a esperança...

Ela pretendia se atirar nas águas da Baía de Hakodate no inverno. Por acaso, Yukari passava pelo local naquele instante. Ela, com certeza, percebera de imediato a intenção de Miyuki e a chamara. E a colocara sentada *naquela* cadeira...

– Quando ela me pediu para imaginar o futuro que eu desejava ver... Pensei em um sonho. Um sonho que jamais se realizaria...

Miyuki ergue lentamente a cabeça.

– Então eu falei *Meu maior desejo é ver o rosto de felicidade de meu filho ou filha.*

Ao ouvir essas palavras de Miyuki, os olhos de Nagare se fixam em Yayoi.

Está explicado... Por isso ela apareceu justo neste momento em que a filha está no café..., ele murmura em voz baixa, semicerrando os olhos.

Todavia, Nagare parece confuso. É uma situação completamente diferente da maneira convencional de se ir ao "futuro". Será de fato possível viajar para o futuro de um jeito tão simples para se encontrar com alguém? Essa dúvida lhe perpassa a mente.

Apesar disso, nesse momento, o mais importante são mãe e filha juntas diante dos seus olhos. Nagare reprime a sensação de incoerência dentro dele e decide se concentrar no que vai acontecer.

Yayoi avança mais um passo em direção a Miyuki.

– Não é um sonho!

– …?

– Isso não é um sonho, mãe. Você agora está em 27 de agosto de 2030, e são 20h30.

Yayoi olha para o relógio que também aparece na foto.

– Oito e trinta e um para ser exata.

– De 2030?

– Este ano eu completei 20 anos de idade. Graças a você que me pôs no mundo e…

– Eu…?

– E eu sou muito, muito feliz! Olhe só essas minhas roupas elegantes. Eu moro em Osaka, vim a Hakodate a passeio.

– Osaka…?

– Exatamente. É uma cidade incrível! Hakodate também é, claro, mas a comida em Osaka é *tããão* deliciosa… e as pessoas são simpáticas e divertidas! Tiram sarro de tudo, fazem piada…

– É mesmo?

– E não é só isso. Ano que vem eu vou me casar – mente.

– Casar?

– Por isso, você não pode morrer, ouviu bem?

Por mais que enxugue, as lágrimas não cessam de molhar o rosto de Yayoi.

– Mãe, se você morrer… mudará toda a minha história, compreende? Se não me trouxer ao mundo, minha felicidade simplesmente não existirá!

– Hã? Bem… eu…

Pelas regras, o presente nunca muda. Reiji faz menção de corrigir o entendimento de Yayoi, mas Kazu o impede com um gesto de mão.

– Deixa quieto – sussurra Nagare.

De acordo com as regras, a realidade não se altera. Miyuki não morrerá, dará à luz uma criança e essa menina terá que viver sozinha. Nada disso mudará. A filha está fadada a sofrer bullying e ter uma vida miserável. Yayoi nascerá e essa realidade estará esperando por ela.

No entanto, Miyuki ignora esse fato. Não há como saber sobre esse futuro.

– Veja, mãe, você precisa continuar viva...

Apesar de eu tê-la odiado, de viver enfurecida com ela por ter me deixado sozinha... agora desejo ardentemente sua felicidade.

Sendo assim, ela não quer que Miyuki morra.

– Viva, por favor, por mim...

Eu também vou me esforçar, mãe, darei meu máximo. Prometo.

É a mais pura verdade.

– Então? – Ela abre um sorriso enorme e radiante para Miyuki. Não existe mais a Yayoi Seto que buscava vingança e odiava seu passado, seus pais...

– Entendi... – concorda Miyuki com um leve aceno de cabeça.

Num ímpeto, ela estende a mão na direção de Yayoi.

– Deixe eu tocar o rosto da minha filhinha...

Yayoi avança um passo, depois outro, para que Miyuki acaricie seu rosto.

Com os polegares, Miyuki enxuga as lágrimas da filha.

– Entendi... – repete.

– Hummm – ronrona devido ao prazer de sentir um carinho.

– A mãe vai lutar bastante. Não precisa mais chorar...

– Hummm.

Miyuki envolve o rosto de Yayoi com as mãos.

Para o resto da vida eu jamais esquecerei a fragilidade dessas mãos.

Apesar do pedido para que não chore, as lágrimas não cessam de escorrer pelas bochechas de Yayoi.

Aquele momento entre as duas será único.

Porém, há um limite...

– O café vai esfriar! – Sachi, que coça os olhos de sono, abraçada por Nagare, informa de supetão.

– Ah... –Yayoi ergue o rosto como se, de súbito, lembrasse. – Tá na hora, você precisa tomar o café antes que esfrie, ok?

Ela quer, mesmo sendo mentira, que alguém diga "não precisa". Porém...

– É isso mesmo – confirma Kazu mostrando que tudo aquilo não é um sonho nem uma fantasia.

Yayoi morde o lábio inferior. Ela explica a Miyuki, que desconhece as regras, que para retornar sem problemas ao mundo de onde veio precisa tomar todo o café antes que ele esfrie por completo. Embora relutante, ela logo se convence.

– Obrigada por tudo, filha – agradece e, de um gole só, toma todo o café.

– Mãe...

– Falando nisso, já ia me esquecendo... – O corpo de Miyuki começa a transmutar.

– Seu nome...

– Oi?

– Eu nunca perguntei...

– Ah, Yayoi.

– Yayoi...?

– Isso.

Seu corpo agora é uma massa de vapor.

– Yayoi... Que nome mais lindo...

– Mãe!

O vapor ascende bruscamente.

– Yayoi, obrigada...

Ela desaparece como se fosse tragada pelo teto. Debaixo do vapor, aparece o idoso cavalheiro vestido de preto, como se nada tivesse acontecido.

No silencioso interior do café, apenas a respiração da adormecida Sachi ressoa.

Tendo terminado as tarefas remanescentes para o fechamento do café, Reiji surge da cozinha pronto para ir embora.

– Obrigada, Reiji – agradece Kazu retirando o avental.

– Pelo quê?

– Por você ter praticamente se incumbido de explicar as regras.

– Tranquilo! Quando a Yukari servia o café, eu me encarregava de todas as explicações.

Miyuki é um bom exemplo do porquê. Na realidade, Yukari apenas explicou a ela sobre "o futuro que se deseja ver" e para "tomar o café antes que esfriasse". Isso é o que de fato se pode chamar de explicação rasteira.

– Ela já deve ter lhe causado enormes transtornos, não? – Abaixando a cabeça, Nagare comenta num tom apologético.

– Para ser bem franco, quando eu comecei a trabalhar aqui, fiquei superconfuso – confessa Reiji com um sorriso torto.

Até Nagare e seu pessoal virem, Yukari operava o Donna Donna juntamente com Reiji, que trabalhava em jornada de meio período. Com a repentina partida de Yukari havia dois meses para os Estados Unidos, Nagare se sentira responsável e viera substituir a mãe na administração. Ele estava se desculpando em lugar de Yukari, uma mulher de personalidade complexa.

– Para ser sincero, hoje eu tremi nas bases!

– Por quê? – Nagare inclina a cabeça.

– Essa mulher... é Yayoi o nome dela, né? Ela parecia estar enfrentando um grande dilema na vida. Deu a impressão de estar no maior desespero antes de retornar ao passado.

– É verdade, agora que você mencionou...

– E mesmo com a possibilidade de não voltar mais do passado, Kazu deixou ela ir.

– Realmente, foi bem como você falou – concorda Nagare.

– Ok, não foram tantas as vezes que eu expliquei as regras. Mas, depois de ciente de todas, a maioria acaba desistindo. Por isso, imaginei que houvesse alguma regra que eu desconhecesse, tipo "você nunca deve recusar o desejo de um cliente de voltar ao passado".

– Que eu saiba, essa regra não existe.

– Sendo assim, então por quê...?

Enquanto ouve a conversa, Kazu começa a apagar as luzes, deixando apenas uma lâmpada noturna acesa.

Agora, tudo que resta é uma tênue coloração sépia.

– A imagem... – começa Kazu, contemplando pela janela as lanternas dos barcos de pesca flutuando.

– Imagem? Que imagem?

– A fotografia. Se está em tão bom estado...

– Ah, a tal foto que... O que você quer dizer com isso?

– Apesar de ter sido tirada há uns vinte anos, ela foi conservada com todo o carinho...

– De fato – sussurra Nagare como se tivesse compreendido o que Kazu pretendia deduzir.

– Hã? Não captei. – Reiji pisca rápido e meneia a cabeça.

– Pense bem... – Kazu caminha lentamente até a saída do café. – Se ela realmente odiasse os pais, ao invés de ter guardado a foto com carinho, não seria nada estranho ela já ter rasgado e descartado a foto, não? – conclui, abrindo a porta.

Mesmo no verão, o vento noturno da Baía de Hakodate está de arrepiar.

O COMEDIANTE

O verão em Hakodate é breve.

Quando se imagina que as folhas das árvores já começaram a cair, o Monte Hakodate, num piscar de olhos, se tinge do vermelho outonal como se ardesse em chamas.

Dentre as muitas paisagens, a Ladeira Daisan é um dos famosos pontos turísticos devido à beleza de seu pavimento de pedras e ao exotismo das muitas tonalidades de vermelho das folhagens dos freixos ladeando o caminho, imprimindo à paisagem ares de país estrangeiro.

O outono chegou à grande janela do Donna Donna, de onde se avistam um céu azulzinho e o Porto de Hakodate. As folhagens, que se exibem em diferentes tons de vermelho, conferem um toque de romantismo ao ambiente interno do café.

Talvez por isso, Nanako Matsubara, sentada em um dos bancos ao balcão, pensa: *O número de casais aumentou.*

Hoje é domingo. O café está muitíssimo animado com o dobro do número costumeiro de fregueses. Contudo, por serem em sua maioria turistas, quantos deles sabem que o café permite viajar no tempo?

Misturado aos vários casais, há um homem beirando os cinquenta, alto e magro. Tem um jeitão meio desengonçado e seu semblante está escondido por óculos escuros e um boné de caça. Pelo terceiro dia seguido ele visita o café. Chega de manhã, logo no horário de abertura, e permanece até o fechamento. Não é de estranhar que levante suspeitas.

Sentada na cadeira oposta a esse homem de atitude duvidosa está Sachi Tokita. Ela tem em mãos o tal livro das 100 perguntas.

Analisando racionalmente, com Sachi sentada perto de um esquisitão desconhecido, seria natural que a mãe, Kazu Tokita, trabalhando do outro lado do balcão, e Saki Muraoka, almoçando ao lado de Nanako, estivessem receosas.

Porém, não se observa nenhum tipo de cautela nas mulheres. Isso porque elas conjecturam que o homem é um *cliente que veio ao café para voltar ao passado*. Ele talvez tenha vindo sondar o ambiente para se certificar de que o local permite de fato a tal viagem no tempo, ou é possível deduzir também que, conhecendo as regras, ele aguarda que o idoso cavalheiro de preto se levante da cadeira – em que permanece o dia todo sentado – para ir ao toalete. Em geral, assim como ele, eram muitos os clientes que apareciam para sondar a possibilidade. Recentemente, no final do verão, uma mulher com a intenção de encontrar os falecidos pais veio dar uma espiada no café durante o dia e acabou retornando à noite.

Dono de um temperamento indeciso e hesitante. Essa é a opinião da dra. Saki sobre o tal homem. Saki Muraoka é médica e trabalha no departamento de psiquiatria de um hospital geral de Hakodate.

Pelo aspecto, ele não aparenta ser uma má pessoa. Quem mais distingue isso parece ser Sachi, que se diverte com o *100 perguntas* tendo o homem como parceiro.

– Pergunta nº 57.

– Ok.

Nanako observa do balcão a interação entre Sachi e o desconhecido de óculos escuros.

– Pelo visto ela está gostando bastante dele, não? – comenta com Kazu.

Nanako se refere ao livro das 100 perguntas, mas considerando o comportamento de Sachi, Kazu imagina que a filha tenha simpatizado com o homem de óculos escuros que responde com seriedade às perguntas feitas por uma menina de sete anos.

– Você está tendo uma relação extraconjugal.

– Uma relação extraconjugal?! Lá vem mais uma pergunta capciosa.

Sachi, logicamente, não faz a mínima ideia do que seja uma relação do tipo. Ela se diverte interagindo com as pessoas por meio do livro.

– É só uma hipótese.

– Entendido.

O homem de óculos escuros parece se divertir também com as perguntas.

Sachi então continua.

"O que você faria hoje se o mundo acabasse amanhã?

1. Passaria o último dia com seu marido ou sua mulher.

2. Passaria o último dia com seu amante ou sua amante."

– Então, qual?

O homem estala o pescoço e murmura "hummm…".

– Se eu escolhesse a segunda opção, meu caráter seria questionado.

Ele direciona o olhar a Nanako e aos outros. Mais do que ser julgado por Sachi, parece preocupado com o que pensariam as pessoas próximas à menina, como a própria Nanako e Saki. Dependendo da natureza da pergunta, esse comportamento se repetia.

– Seria a número 2 então? – indaga sem demora Nanako, em tom de provocação.

– Como eu nunca me casei, não entendo bem dessas coisas de infidelidade.

– Ainda solteiro com essa idade? – estranha Saki, incisiva e sem papas na língua.

– Doutora… – Nanako intervém em voz miúda sentindo quanto o comentário fora indelicado.

– Coisas do destino.

– Mesmo parecendo ser uma boa pessoa!

– É o que costumam dizer.

Saki continua a falar sem constrangimentos, do seu jeito peculiar, enquanto o homem responde de forma evasiva e, digamos, engenhosa.

Parecendo insensível a essa interação, Sachi o apressa por uma resposta.

– Qual delas? – pressiona.

– Ah, desculpe, desculpe… É… bem… então fico com a opção número 1.

– E a doutora?

Sachi não demonstra interesse em conhecer o real motivo do homem ter escolhido a opção 1. Logo, direciona seu *ataque* a Saki.

– Eu escolho a 2.

– Sério?! – Arregalando os olhos, Nanako reage à resposta de Saki. Ela certamente não imaginava que a amiga escolheria a segunda opção.

– Por que você ficou tão chocada?

– Ah, não, é que… bem… foi tão inusitado que…

– Por quê?

– É que…

Nanako tem dificuldade para expressar o que lhe vem à mente. Ela é o oposto de Saki.

– Creio que ela está pondo em dúvida seu caráter. – Enquanto Nanako vacila, o homem ao seu lado se intromete na conversa.

Apesar de ser exatamente o que Nanako desejava dizer, ela se apressa a refutar.

– Não foi isso que eu… – diz e faz um gesto de negação com a mão.

– Ficou curiosa sobre o porquê de eu ter optado pela 2?

Saki fala, ela própria, o que Nanako gostaria de indagar.

– Se eu não escolhesse a número 2, qual seria o sentido de eu ter tido um caso?

Saki não pretende com isso fazer apologia à infidelidade. Porém, ela estava simplesmente dizendo que se estivesse mesmo fazendo algo, digamos, deplorável, e o mundo fosse acabar no dia seguinte, diante de tal cenário… ela escolheria passar o dia com o amante. Logicamente, isso não seria a coisa certa a se fazer. É apenas uma opinião pessoal.

– Ah, tá, entendo… – replica Nanako ao ouvir a explicação.

– Ok, vamos para a próxima?

– Sim. – O homem reage à voz animada de Sachi.

– Pergunta nº 58.

– Ok.

– A pergunta é dirigida a quem tem um filho fora do casamento.

– Lá vem mais uma pergunta capciosa…

O homem coça a têmpora.

"O que você faria hoje se o mundo acabasse amanhã?

1. Sendo sua oportunidade derradeira de tirar esse peso da consciência, você revela ao seu cônjuge a verdade.

2. Você acaba sendo hipócrita e esconde a verdade até o fim."

– Então, qual delas?

– Hummm…

Pensativo, o homem cruza os braços e estala o pescoço. Repete o gesto a cada pergunta. O teor das perguntas não é fácil. A começar com uma sobre entrar ou não em um quarto no qual uma única pessoa poderia se salvar, devolver ou não um objeto tomado emprestado, pedir ou não quem você ama em casamento, entre outras. Os assuntos são bem diversificados. Parecem questões triviais, mas o teor de muitas delas é do tipo que se costuma empurrar com a barriga para que não seja necessário fazer juízo de valor. É preciso escolher os problemas a serem enfrentados tendo como premissa o fim do mundo no dia seguinte.

Além disso, para todas as perguntas há somente duas opções de resposta.

Você faria? Ou não faria?

Em Hamlet, do renomado dramaturgo inglês William Shakespeare, há a famosa citação *Ser ou não ser, eis a questão*. Essa fala é de Hamlet, cujo pai foi assassinado pelo tio, na cena em que ele se angustia se "deve ou não" se vingar. O tio envenena o próprio irmão mais velho por ambição, usurpa o trono e se casa com a mãe de Hamlet, sua cunhada. Na história, o tio é indubitavelmente a personificação absoluta do mal. Se, ciente da situação, Hamlet tivesse buscado vingança sem vacilar, não teria causado infelicidade a ninguém. Porém, ele hesita. Deve ou não confiar nas palavras de um fantasma? Será ruim fazê-lo? Deve se lançar a uma luta complicada? Ou deve continuar levando adiante sua vida fingindo, na maior calma do mundo, que nada aconteceu?

Em outras palavras, a essência da história está no caráter indeciso do protagonista. Enquanto hesita, ele perde Ofélia, seu grande amor, causa a morte de pessoas inocentes, um velho amigo tenta matá-lo, a mãe é envenenada e, por fim, tanto ele quanto o tio morrem e até o país acaba sendo arruinado.

Se encenada integralmente, a peça é um drama épico de mais de quatro horas de duração. No entanto, se desvendarmos suas raízes, podemos afirmar se tratar da história de um indivíduo hesitando se "deve ou não" agir.

Logicamente, Nanako, Saki e o homem de óculos escuros não percebem que essas 100 perguntas confrontam o leitor com grandes dilemas existenciais. Eles apenas se divertem na busca da melhor escolha tendo como pressuposto um hipotético fim do mundo.

– A indecisão é a causa da autodestruição! – Sachi repreende o homem que, assim como Hamlet, se mostra incapaz de escolher.

Talvez apenas Sachi, a menina-prodígio, que lera de cabo a rabo as obras de Shakespeare, perceba que o *100 perguntas* não é um livro de entretenimento...

DA-DING-DONG

A campainha toca.

– Tô de volta.

Quem entra não é um cliente, mas Reiji Ono. Ele puxa uma mala de viagem com rodinhas. Tem uma mochila no ombro e carrega também uma sacolinha de papel cheia de suvenires.

– Reiji, você voltou. Que bom! – Sachi o cumprimenta.

– Olá, Sachi – ele a saúda e vai direto para a cozinha.

– Você não acabou de chegar de Tóquio? Poderia ter descansado um pouco mais – diz Nagare na cozinha.

– Tranquilo. Hoje é domingo e o café deve lotar.

Nagare veio para Hakodate há dois meses e desconhece o fluxo de pessoas no café durante a temporada de férias de outono. Como o Funiculì Funiculà de Tóquio se situa no subsolo de uma ruazinha superdiscreta, está sempre sossegado, independentemente da estação do ano ou da temporada de férias. Praticamente todos os clientes são habituais e o número de assentos é limitado a apenas nove. Na realidade são oito, pois um deles é a tal cadeira para viajar no tempo.

Porém, ali é Hakodate. O café está no centro de uma área turística. Ele conta com dezoito assentos, incluindo os do terraço. Por vezes, todos estão ocupados na alta temporada. Nessa época, é sempre bom ter alguém a mais ajudando.

Reiji volta da cozinha já de avental e carregando dois *parfaits* numa bandeja.

– E cadê as lembrancinhas? – pergunta Nanako.

– Calminha aí, mais tarde… – pede e vai até o terraço levando os pedidos.

Nessa estação, o frio ainda não é tanto que não se possa sentar durante o dia nas cadeiras do terraço. Nessa época, também por não ventar, é particularmente agradável passar um tempo ali contemplando a bela paisagem das folhagens outonais.

Depois de servir os *parfaits*, Reiji conversa sorridente com o casal antes de voltar. Eles devem tê-lo consultado sobre os pontos turísticos mais interessantes da cidade.

– Como foi a audição? – pergunta Nanako.

– Nada mal. Desta vez parecem ter gostado do texto que eu preparei – anuncia Reiji orgulhoso de si.

Reiji sonha em se tornar comediante e às vezes vai a Tóquio para audições que possam lhe abrir as portas de uma carreira. Porém, até o momento, não conseguiu ser aprovado em nenhum teste.

Saki está bem ciente do quanto ele se esforça.

– Ainda desperdiçando seu dinheiro indo a Tóquio tentar audições para se tornar comediante? – murmura entremeando um suspiro exasperado.

– Não é desperdício! É investimento! Estou investindo no meu futuro!

– O que acha de desistir disso? Reiji, você não tem talento!

Mesmo nessas horas, Saki não mede as palavras ao externar exatamente o que pensa. Ao contrário, ela é ainda mais implacável com quem tem intimidade.

Porém, Reiji não liga nem dá o braço a torcer.

– Aí é que você se engana!

– Cai na real – aconselha Saki, insinuando que os resultados jamais virão.

– De fato você não tem talento – intervém Nanako aproveitando as palavras da doutora.

– *Opaaa*, calminha lá – rebate Reiji, mas tentando mostrar seu estilo de fazer graça, como se estivesse dizendo *Até tu vem com um balde de água fria pra jogar na minha cabeça?*

Todavia, Nanako não para por aí.

– Pelo menos você tem o talento de não jogar a toalha.

– Se isso foi um elogio, não me ajudou em nada.

Nanako pretendeu encorajá-lo, mas acabou não soando dessa forma.

Eles tiveram muitas vezes essa conversa. Talvez Saki quisesse de verdade fazer Reiji desistir de tentar ser comediante, mas, no fundo, ele considerava as palavras dela mera brincadeira. Tentar dissuadir um jovem de seu sonho é como falar para as paredes.

Reiji percebe o livro nas mãos de Sachi.

– E aí? Está em qual pergunta agora?

– Na 58.

– A do filho bastardo, né?

Reiji sabia de cor as perguntas pelo número.

Saki esbugalha os olhos.

– Você decorou todas? – lança em voz aguda.

– É possível memorizar esse tipo de pergunta só de ler uma única vez.

– Há outras profissões além da de comediante que dariam para você aproveitar bem esse talento…

– Chega! – exclama Reiji, a fim de botar um ponto-final na conversa, caso contrário, Nanako teria feito questão de concordar com Saki frisando um *Sem dúvida!*

Sachi não se interessa por essa interação entre os adultos.

– Anda, escolhe! – ela pressiona Reiji.

– Hum. Deixa eu pensar…

Reiji já devia ter feito a escolha quando lá atrás lera as perguntas, mas, por estar diante de Sachi, finge dificuldade para decidir. Ele sabe o quanto Sachi se diverte com esse tipo de troca.

De súbito, o olhar de Reiji para sobre o homem de óculos escuros. Então, agindo de forma suspeita, ele cobre o rosto com as mãos.

– Hayashida? – murmura Reiji.

– Ah, bem…

– Macacos me mordam se não é o Hayashida, da dupla de comediantes PORON DORON!

– Não, sou uma loja de quinquilharias americanas do tipo TUDO POR 1 DÓLAR! Você passou bem em frente e entrou por engano – replica para logo depois exclamar um *Ah, agora te peguei!*

O nome do homem é Kota Hayashida. Há uns anos ele ganhou notoriedade meteórica como comediante. Sua resposta instintiva a Reiji era o remate de um de seus esquetes cômicos mais famosos.

– Essa é a fala de quem desempenha o papel cômico na dupla! Não há dúvida. Você é do PORON DORON!!! – exclama, mas logo depois baixa o tom da voz. O café está repleto de clientes. – Ele é o Kota Hayashida – informa Reiji se aproximando de Nanako e Saki, sussurrando em seus ouvidos.

Porém, elas não compreendem a razão de tamanha excitação do rapaz. Confusa, Nanako inclina visivelmente a cabeça, talvez tentando entender por que a expressão *loja de quinquilharias americanas do tipo TUDO POR 1 DÓLAR!* apareceu do nada.

Como se intuísse a dúvida de Nanako, Reiji explica:

– Em kanji, o ideograma de "arroz" é por vezes usado para dizer "América", correto? Por isso, ele fez um trocadilho entre uma loja que vende "arroz" e uma do tipo que vende "TUDO POR 1 DÓLAR!" para mostrar que a pessoa queria comprar arroz, mas entrou na loja errada, ou seja, ele insinuou não ser a pessoa que eu imaginei que ele fosse. Mas eu adoro essas piadas! Tipo: "Você viu a papelada que estava aqui na minha mesa?". Ao que o outro responde: "Não, só vi a pá vestida". Sacou?

É o clássico estilo de comédia do PORON DORON, em que o cabeça de vento da dupla, o "metido a engraçado", responde uma pergunta séria sempre com uma piada infame, de duplo sentido, a partir de trocadilhos...

– Ah... entendi.

– Agora que você mencionou... O rosto de fato não me é estranho.

Nanako e Saki finalmente se mostram convencidas.

Mesmo convictas, elas não demonstram grande entusiasmo. Talvez as coisas fossem diferentes se, ao invés de Reiji, estivesse ali Todoroki, o outro membro do PORON DORON. Afinal, ele é o superpopular da dupla.

Contudo, Reiji sem dúvida admira ambos como comediantes. Ele continua eufórico.

– Parabéns por vocês terem ganhado o Grande Prêmio da Comédia! Eu sei tudo sobre o prêmio. Me lembro bem quando cinco anos atrás o Todoroki previu que um dia vocês venceriam. Que coisa incrível! Ah, será que... Poderia me dar um autógrafo?

– Hum, bem...

– Ah, desculpe! Acabei me empolgando! Estou invadindo sua privacidade, né? Me perdoe. É que eu também almejo me tornar comediante e estou tão nervoso…

O brilho intenso nos olhos de Reiji contrasta bastante com a apatia de Nanako e Saki. Supostamente as coisas seriam diferentes se fosse um astro do cinema ou um *popstar* postado ali diante delas.

– Mas… – sussurra Nanako como se estivesse se lembrando de algo. – Eu ouvi ou li algo… Logo depois que o PORON DORON venceu o Grande Prêmio, no início do mês passado, o paradeiro do Todoroki… – E enviesa o pescoço.

– O quê? – É a reação instantânea de Reiji.

– Foi sim – o homem sussurra numa voz fina, e com sua resposta acaba comprovando ser mesmo Hayashida da dupla PORON DORON.

Não é possível ver o choque em seus olhos – ocultos pelos óculos escuros –, mas a animação de até pouco antes nitidamente arrefecera. O próprio Reiji se sente envergonhado por ter se comportado de modo tão insensível.

Há algumas semanas fora noticiado o desaparecimento de Todoroki, da dupla PORON DORON. No entanto, o caso estampou as manchetes durante cerca de três dias apenas, e a partir de então não houve novas informações sobre o desenrolar. A mídia especulava como principal motivo graves problemas financeiros, e corriam até rumores de que ele fugira levando o cheque de dez milhões de ienes recebido no Grande Prêmio da Comédia.

Ninguém sabia o que teria ocorrido de verdade.

– Há uma razão bem especial para você estar vindo ao café, não? – pergunta Kazu.

Hayashida havia aparecido três dias seguidos no café. É claro que não fizera isso sem motivo. Seu objetivo devia ser voltar ao passado. Podia-se imaginar facilmente que o motivo estava ligado ao desaparecimento do parceiro.

Hayashida suspira resignado e enfim retira os óculos escuros.

– Sim. Eu esperava que ele viesse até aqui. Por isso tenho vindo.

– Você se refere ao seu parceiro desaparecido?

– Exato – responde Hayashida à pergunta de Kazu, mantendo os olhos baixos.

– Por quê?

A dra. Saki quer entender por que Todoroki, o parceiro desaparecido, iria ao café.

– Para encontrar a Setsuko.

– Quem é? – continua Saki a perguntar.

– A esposa dele. Morreu faz cinco anos.

Resumindo: Hayashida ansiava que o desaparecido parceiro viesse ao café para voltar ao passado desejando se encontrar com Setsuko, a esposa falecida.

Nesse caso, restam algumas dúvidas.

Todoroki sabe sobre os boatos acerca do café?

Se sim, por que Hayashida acha que ele viria?

Existiria relação entre o desaparecimento de Todoroki e a morte da esposa cinco anos antes?

E por que Hayashida espera aqui por Todoroki?

Essas são as dúvidas que naquele momento atravessavam a mente de Saki e Reiji. Hayashida vai aos poucos apresentando as peças faltantes do quebra-cabeça.

– Eu, o Todoroki e a Setsuko crescemos em Hakodate e somos amigos desde o primário.

Em outras palavras, são todos conterrâneos e locais. Não seria de estranhar que soubessem que aquele é o café da viagem no tempo e conhecessem em detalhes as regras. Talvez até conhecessem Yukari Tokita, a proprietária do café, ausente no momento devido a uma viagem aos Estados Unidos.

A conversa continua.

– Desde pequena a Setsuko amava comédia e foi ela quem nos incentivou a ir para Tóquio tentar a carreira de comediantes.

Sachi apenas ouve, atenta e imóvel, o relato de Hayashida, assim como quando lê um livro.

– A gente não tinha bons contatos, na verdade jamais conseguimos sequer um pistolão, e realmente a vida era muito dura. De início, nós três alugamos uma quitinete. Eu e o Todoroki preparávamos esquetes, íamos a audições, mas nada de sermos aprovados. Para sobreviver, a gente se apresentava em festinhas por valores tão irrisórios que nem se poderia chamar de cachê.

– Perdão... – O relato de Hayashida é interrompido por um cliente que levanta o braço, sentado próximo ao aquecedor usado no inverno. A contragosto, por ter que se afastar da conversa, Reiji vai atendê-lo.

Hayashida acompanha Reiji com o olhar, mas continua a contar sua história.

– Para ajudar nas despesas da casa, a Setsuko dava aulas particulares durante o dia e era hostess numa boate em Ginza à noite. Tudo para que nós, ou melhor, o Todoroki, pudesse viver da comédia.

Formou-se a imagem de uma Setsuko se sacrificando. Sem dúvida ela não era forçada, fazia isso por vontade própria. Nas palavras de Hayashida, tudo em nome de Todoroki.

– Portanto, o sonho do Todoroki de fazer sucesso como comediante era também o da Setsuko.

Logicamente, esse devia ser também o sonho de Hayashida.

– Uns cinco anos atrás nós finalmente conquistamos um quadro fixo como PORON DORON num programa de tevê, na madrugada, e foi quando o Todoroki pediu a mão da Setsuko em casamento. Embora tivéssemos conquistado esse primeiro trabalho, continuávamos pobres, e eles dois não puderam nem dar uma festa, mas não esqueço o quanto a Setsuko estava feliz na época. Apesar disso, ela...

Hayashida se engasga com as palavras.

Mesmo ele não dizendo, todos entenderam que ela...

– Foi inacreditável ela ter morrido assim tão... abruptamente.

Nanako baixa os olhos.

– *A meta é vencer o Grande Prêmio da Comédia*... Essas foram suas derradeiras palavras.

Depois de atender o cliente, Reiji retorna, em silêncio. Mesmo tendo se afastado, ele devia ter tentado ficar com as antenas ligadas na conversa, pois, apesar de não ter captado todo o teor, ouve com a expressão de quem não deseja perder nem mais uma vírgula do que está sendo dito.

– Entendo... – sussurra Saki brevemente com ar de quem é do ramo e compreendeu tudo.

O último desejo, de acordo com as palavras deixadas pela adorada esposa, era que Todoroki vencesse o Grande Prêmio da Comédia, conquistado há quase dois meses. Contudo, perdera a pessoa que lhe dava suporte na vida. Quanto mais profunda a tristeza pela morte da esposa e quanto mais exultante por ter conseguido realizar o sonho dela, maior a sensação de perda.

Isso fica claro para quem ouve a história.

– Pelo que eu andei me informando, isso se chama síndrome de burnout. Até conquistar o Grande Prêmio da Comédia, havia uma poderosíssima força interna que o impulsionava adiante, que o impelia rumo à realização do grande propósito, mas, logo após realizar o último desejo da Setsuko, ele desmoronou e passou a encher a cara todo santo dia.

A síndrome de burnout é considerada um tipo de depressão. Porém, enquanto o gatilho para a depressão pode ser o estresse, o excesso de trabalho ou um grande choque como um acidente ou o baque de uma perda, a síndrome de burnout tem origem quando uma pessoa que se dedicou com esforço hercúleo a alcançar uma meta conclui que, uma vez conquistada, seu empenho foi em vão.

No entanto, é comum no Japão o termo ser usado em relação ao estado mental de esportistas de alta performance após participarem de grandes competições. Refere-se à situação de desânimo experimentada ao baterem no topo, ao ganharem, por exemplo, o campeonato mundial ou o maior título de suas vidas e não encontrarem algo em substituição para em seguida terem ao que se dedicar.

Hayashida imaginava que essa última definição se aplicaria a Todoroki. Mais do que ninguém ele sabia que o Grande Prêmio da Comédia era o ápice, a meta de vida do amigo, sua razão de existir. Ele supunha que o desaparecimento de Todoroki estava ligado à síndrome de burnout e o gatilho teria sido a conquista do Grande Prêmio da Comédia.

Todavia, mesmo vendo Todoroki nessa situação, Hayashida estava de mãos atadas. Impotente, ele franzia o rosto, não de tristeza, mas de frustração por, de alguma forma, não poder ser útil.

– Mas... por que você acha que o Todoroki viria aqui no Donna Donna? – pergunta Nanako.

– Realmente – concorda Saki.

Hayashida devia estar esperando por essa pergunta, pois de imediato tira um cartão-postal de sua pasta e o entrega a Nanako.

– Chegou quatro dias atrás.

O postal mostra a foto de uma mulher de pé tendo ao fundo o vasto Monument Valley, nos Estados Unidos.

– Uau! – exclama Nanako, surpresa. – Essa não é a... – pergunta, mostrando o cartão-postal para Reiji e Saki.

– Yu... Yukari?!

A voz de Reiji soa tão alto que alguns clientes olham na sua direção.

– D-desculpa.

– Se controla, seu idiota... – Nanako bate no ombro de Reiji, que fica todo acanhado.

– É verdade. E está sorrindo. Parece estar feliz da vida, não? – Saki faz um comentário descontraído.

Yukari fora para os Estados Unidos ajudar um rapaz a encontrar o pai desaparecido. Na foto, ela sorri para a câmera fazendo com os dedos o V da vitória como se estivesse aproveitando a viagem. Pela foto ela parece bem-disposta.

Melhor não mostrar para Nagare uma foto em que a mãe está superdescontraída fazendo o V da vitória, né?

Reiji não foi o único a pensar assim.

Todavia, o que Hayashida pretende mostrar não é Yukari, mas a mensagem escrita no verso do postal, onde se lê:

"*Parabéns por vencer o Grande Prêmio da Comédia! Primeiro lugar! Um feito e tanto, hein? Setsuko-chan também estaria radiante por vocês.*"

Quase dois meses haviam se passado desde a vitória no Grande Prêmio. De alguma forma Yukari tomara conhecimento do resultado e há quatro dias o postal chegara às mãos de Hayashida. O fato de usar o diminutivo carinhoso "chan" ao se referir a Setsuko indica a boa amizade de Yukari com os três.

Por um tempo, Hayashida se mantém cabisbaixo e mudo.

– Vendo o cartão-postal, eu me lembrei do café – explica.

Se ele recebeu em casa um postal de Yukari, seria improvável não ter havido comunicação entre os três e ela ao longo dos anos. Nesse caso, a lembrança a que ele se refere deve ter sido a possibilidade de se viajar no tempo.

– Ela deve ter mandado um cartão-postal semelhante para o Todoroki. Por isso...

– Você acha que o Todoroki se lembraria do café e viria até aqui para se encontrar com a esposa falecida? – pergunta Kazu.

– Acho – responde Hayashida com segurança.

Todoroki com certeza virá, ele devia estar pensando.

DA–DING–DONG

– Olá, bem-vindo – saúda Reiji instintivamente ao som da campainha.

Kazu apenas olha calada na direção da porta e, ao ver quem entra, sussurra "Reiko...".

Reiko Nunokawa é uma cliente esporádica do café. Até o ano passado e apenas na alta temporada, sua irmã mais nova costumava fazer bicos no Donna Donna, quando a clientela aumenta. Reiko tem uma pele bem clarinha e um aspecto frágil. Da entrada, esquadrinha com vagar o interior do café sem fazer menção de se sentar.

– Reiko! – Ao perceber sua presença, Reiji a cumprimenta. Logicamente, ele a conhece bem.

Porém, ela não demonstra reação alguma ao ser chamada.

– Onde está a Yukika? – pergunta numa voz fraca, cansada.

Impossível saber a quem ela dirige a pergunta. Um olhar que não se fixa em lugar nenhum, como se vagasse pelas folhagens de outono para além da janela.

– Hã?! – Nanako se admira e encara Reiji.

Reiji caminha alguns passos na direção de Reiko. Está na cara que ficou superpreocupado.

– B-bem... – Ele engasga e coça a têmpora.

De repente...

– Ela ainda não chegou – responde Kazu.

Reiko direciona o olhar para a voz. O breve silêncio que se segue parece mais longo do que realmente é.

– Volto outra hora então – anuncia, vira-se lentamente e sai do café.

DA–DING... DONG...

Tudo aconteceu muito rápido, mal entrou... saiu. Tanto Reiji como Nanako ficam melindrados e se entreolham parecendo não ter entendido nada.

A dra. Saki, que em momento algum demostrou surpresa, se levanta às pressas e coloca os 750 ienes do almoço no balcão.

– Obrigada – agradece e deixa o café como se corresse atrás de Reiko.

DA–DING–DONG

– De nada – replica Kazu vendo Saki partir, indiferente ao ocorrido.

– Kazu, eu tenho certeza... há dois meses que a Yukika... – sussurra Nanako espantada. Não é possível entender o que ela diz no final.

– Isso mesmo.

– Então por que você mentiu afirmando que "ela ainda não chegou"? – Reiji contesta a resposta de Kazu. Ele certamente sentiu uma baita estranheza na atitude dela e de Saki.

– Mais tarde eu explico.

Sem responder à pergunta de Reiji, ela olha para Hayashida. A conversa fora deliberadamente interrompida.

– Ah, tá, desculpe. – Reiji abaixa a cabeça.

– Tudo bem, não se preocupe.

Hayashida não tem mais nada a dizer. Ele próprio é quem mais se sente estressado com a autoimagem que criou de um homem de atitude suspeita passando o dia inteiro sentado no Donna Donna. Temeu até que em algum momento o pessoal do café chamasse a polícia. Por isso, agora sente-se aliviado por ter contado tudo.

– Está na hora de puxar o carro – anuncia se levantando.

Era quase hora do almoço. Ele provavelmente percebeu que logo o café ficaria agitado.

– Se o Todoroki aparecer, poderiam me avisar tão logo ele chegue? – pede Hayashida, paga a conta e deixa seu cartão de visitas.

Sachi o acompanha com o olhar e acena de leve com sua mãozinha, vendo com tristeza Hayashida ir embora.

Logo após sua partida, o café começa, de fato, a encher de clientes para o almoço. Nanako dá uma força no caixa, aliviando assim o trabalho de Kazu e Reiji, focados no atendimento aos clientes. Na cozinha, Nagare dá duro sozinho, ouvindo as palavras de incentivo de Sachi.

O horário de almoço em locais turísticos não é longo. Dura no máximo uma hora e meia. Depois disso, apenas alguns casais permanecem tomando chá e contemplando sem pressa a paisagem pela janela.

Reiji e Nanako papeiam ao balcão quando, de repente, Kazu fala:

– Pelo que eu ouvi da doutora... – começa ela.

A doutora a que ela se refere é sem dúvida Saki, a psiquiatra.

Ambos entendem se tratar da conversa sobre Reiko interrompida na hora do almoço. Quando perguntada por Reiko sobre a irmã, Kazu respondeu que ela ainda não chegara. Porém, Yukika, a irmã mais nova de Reiko, falecera dois meses atrás. Sendo colegas de trabalho, Reiji e Nanako sabiam disso. Ambos não entenderam o porquê de Kazu ter mentido.

Kazu para o trabalho que está fazendo.

– Reiko parece ainda resistir a aceitar a morte da Yukika – explica.

Em outras palavras, Reiko vagava por toda parte à procura da irmã morta.

– Ah, então foi por isso – sussurra Reiji, tristonho.

Nanako tampa a boca com a mão, sem encontrar palavras.

– É por isso que a doutora pediu para, na medida do possível, concordar com o que Reiko fala. – Kazu se limita a explicar sucintamente e retorna ao que estava fazendo.

Ao final da tarde...

Todo o interior do café se reveste de uma cor alaranjada. A grande movimentação ocorre apenas no almoço, e naquele horário o café está calmo.

– Q-quê?! – exclama Nagare, que dera uma pausa.

O motivo é algo dito por Reiji.

– Mas é sua esposa. Você não tem a mínima vontade de ver ela?

Nagare não entende o porquê da conversa ter conduzido a esse ponto.

– Nanako me perguntou o mesmo dia desses.

– Não diga...

– De verdade, eu não entendo esse interesse de vocês.

– É que se você estivesse no café em Tóquio, teria podido se encontrar com sua esposa que não vê há quatorze anos e...

O caso acontecera no final do verão. Kei, a esposa de Nagare, recebera do médico o diagnóstico de que corria risco de morte caso levasse a gravidez adiante e fora ao futuro se encontrar com a filha. Justamente nessa época, Yukari partira repentinamente para os Estados Unidos e Nagare precisou ir para Hakodate assumir a administração do Donna Donna. Sem dúvida, o momento não fora nem um pouco oportuno, mas havendo a possibilidade do reencontro após quatorze anos, Reiji queria entender por que Nagare não retornara a Tóquio, nem que fosse apenas nesse dia.

– Ela não veio me ver, veio para ver a Miki, nossa filha... – explica Nagare com tranquilidade.

A conversa volta à estaca zero. Nagare realmente pensa dessa forma. Portanto, essa é sua única resposta. Ele não entende o motivo de Reiji pressioná-lo afirmando que ele deveria querer encontrar a esposa após tantos anos.

– Ok, beleza então... mas você não gostaria de voltar ao passado para encontrar alguém? – Reiji tenta um outro caminho, quem sabe uma abordagem diferente...

– Alguém que *eu* gostaria de encontrar...?

– Isso.

Nagare cruza os braços e seus olhos se semicerram ainda mais enquanto matuta.

– Hummm... Não. Ninguém – sussurra pouco depois.

– Por que não?

– Por quê?

Por que diabos ele pergunta algo assim?, pensa Nagare, franzindo a testa.

Mas as coisas são como são. Mesmo não pescando a intenção de Reiji, Nagare procura responder com seriedade.

– Hummm... – murmura apenas.

– Isso significa que, apesar de poder voltar ao passado, você nunca pensou em ir lá reencontrar sua esposa?

– Ah, então é isso que você quer saber?

– É.

– Bem... para ser sincero eu nunca cogitei.

– É mesmo?

Reiji parecia não ter obtido a resposta esperada.

– O que você está pensando afinal?

É a vez de Reiji ficar sério e franzir a testa.

– Na conversa mais cedo, o Hayashida falou algo sobre acreditar que o Todoroki viria ao café...

– E daí?

Embora não estivesse presente na hora, Nagare soube da conversa. Mesmo assim, ele não compreende aonde Reiji quer chegar.

– É algo natural o Todoroki querer encontrar a esposa falecida, não acha?

– É, com certeza.

– No entanto, tá estranho… por que o Hayashida esperava aqui pelo Todoroki?

– Hein? – Nagare compreende cada vez menos. – Ué, não seria devido ao desejo dele de encontrar o amigo até agora desaparecido? – Mesmo lhe parecendo óbvio, Nagare coloca em palavras o que lhe vai na cabeça.

– Seria mesmo?

– Hein? – repete.

– Se fosse assim, bastaria ele esperar na frente da casa do Todoroki, não acha?

– Bastaria? Mas se ele sumiu…

– Então… se ele sabe, ou supõe que sabe, que o parceiro também recebeu um cartão-postal, o mais óbvio seria que o Todoroki, em algum momento, voltasse em casa, certo? Mas ele tem certeza de que não!

– Ah…

Reiji continua a expor sua ideia. Ele talvez esteja apenas inebriado pelo próprio instinto detetivesco.

– A notícia veiculada na mídia sobre o desaparecimento do Todoroki se baseia apenas no fato dele ter abandonado todos os compromissos profissionais. Não é simples para um sujeito famoso como ele desaparecer com tanta facilidade, não acha? Aposto que se a polícia tivesse sido acionada, já teria descoberto o paradeiro num piscar de olhos. Por isso, para mim há algo incompreensível.

– O quê?

Nagare ouve todas as especulações de Reiji como se fosse o Watson de Sherlock Holmes.

– O comportamento do Hayashida.

– Como assim?

– Pense bem. Se fosse apenas para encontrar o Todoroki, bastaria esperar na frente da casa dele. Que necessidade ele teria de vir correndo até este café em Hakodate para aguardar o parceiro?

– Não seria por Todoroki desejar voltar ao passado para tentar se encontrar com a esposa?

– Se fosse apenas esse o motivo, você acha mesmo que ele ficaria aqui três dias inteiros praticamente de tocaia?

– Bem... Você está sugerindo que...

– Estou. – Os olhos de Reiji brilham. – Hayashida tem um motivo e tanto para tentar impedir que o parceiro retorne ao passado.

– Um motivo e tanto? Será? O que poderia ser?

– Isso...

Nagare arregala os olhos ao máximo à espera do que Reiji falará em seguida.

– Isso eu não sei.

– Ah, qual é, Reiji. Vai, fala.

Exatamente como em um esquete cômico, Nagare dobra teatralmente os joelhos e junta as palmas das mãos em súplica para demonstrar sua frustração com a decepcionante conclusão.

– Desculpe.

– Mas o que você *acha* que é?

Reiji coça a cabeça.

– Então, se a Kazu tentasse te impedir de viajar ao passado, que motivo poderia haver?

– Por que ela faria isso?

– É apenas uma situação hipotética.

– Ela não teria um bom motivo para tentar me impedir, teria?

– Não mesmo?

– Acredito que não. Ela jamais procurou cercear o desejo de um cliente do café de voltar ao passado, e eu não consigo imaginar por que ela faria isso justamente comigo.

– Entendo, mas…

Reiji dá de ombros, decepcionado. Contudo, algo em sua expressão denota que ele ainda deseja falar alguma coisa. De tão evidente, até mesmo Nagare pode perceber.

– Vamos, desembucha – instiga, encarando Reiji.

– Sei lá. É realmente algo que eu andei pensando, mas talvez não passe de uma suposição minha… uma suposição, digamos, indecente.

Surge do nada a palavra "indecente".

– Hã?

– Imaginei que pudesse ter havido algum tipo de triângulo amoroso entre o Todoroki, o Hayashida e a Setsuko.

– Q-quê?! De jeito nenhum, duvido. – Nagare engole em seco.

– Nunca se sabe, não é mesmo?

Havia algo de chocante nas palavras de Reiji. Nagare não estava nem um pouco habituado a esse tipo de conversa embaraçosa sobre relações amorosas. Tudo que lhe restava nesse momento era sentir o suor escorrendo pela testa.

Reiji prossegue.

– Será que não haveria algum segredo comprometedor caso o Todoroki se encontrasse com a Setsuko?

– Se-segredo?

– Sim.

– De que tipo?

– Do tipo…

DA–DING–DONG

– Olá, bem-vin…

Ah!!!

Reiji se surpreende ao olhar o cliente que entra após a campainha soar. Ninguém mais, ninguém menos que o próprio Todoroki do PORON DORON, sobre quem eles conversavam.

– Bem-vindo!

Mal podendo esconder sua estupefação, Reiji cumprimenta Todoroki com um sorriso obsequioso bem ao clássico estilo dos vendedores.

Todoroki veste um terno cinza de grife. Comparado a Hayashida, esguio e alto, ele é mais atarracado e parrudo. Seus cabelos estão tão bem arrumados como quando ele aparece na tevê.

Eu esperava um homem totalmente arruinado…

Por ter ouvido a história contada por Hayashida, Reiji imaginou um Todoroki de cabelos desgrenhados, aparência desleixada e até, quem sabe, totalmente embriagado, com uma garrafa de bebida na mão.

Reiji faz menção de conduzi-lo até uma mesa, mas, com um gesto, Todoroki recusa e caminha até um banco no balcão, onde se senta.

– Me vê um ice cream soda – pede a Nagare, que está postado diante dele.

Ice cream soda?

Isso também vai na direção oposta do imaginado por Reiji.

– É pra já – replica Nagare, abaixando a cabeça e indo para a cozinha.

Pouco antes de desaparecer, olha para Reiji como querendo dizer *Ele é surpreendentemente normal…*

A noite cai lentamente. O sol ainda não se pôs por completo, mas o céu começa a se tingir de azul-marinho. O vermelho das folhagens outonais e o céu azul-marinho. Uma paisagem melancólica, porém bela.

O interior do café também começa a escurecer, o que imprime uma atmosfera singular ao local. Os clientes vão aos poucos fechando a conta e partindo. Nesse ínterim, Todoroki apenas permanece calado, desfrutando do seu ice cream soda, o olhar fixo na janela.

– E cadê a Yukari? – pergunta ele a Reiji de supetão.

– Oi? – Pego de surpresa, Reiji de início não entende direito a pergunta.

– Yukari, a proprietária...

Reiji troca olhares com Nagare, que voltou da cozinha para ver como estão as coisas.

– Não vai me dizer que está de folga?

Por fora das circunstâncias, Todoroki talvez esperasse pelo aparecimento de Yukari. Reiji avança um passo na direção de Todoroki.

– Ela agora está nos Estados Unidos.

– Na América? Por quê?

Todoroki revira os olhos. Essa é provavelmente sua forma de expressar emoção quando se admira.

Reiji encara Nagare.

– Na realidade, um rapaz veio dos Estados Unidos por ter ouvido falar sobre o café. Yukari então decidiu ajudar o pobrezinho a encontrar o pai dele que desapareceu e...

Esse jovem talvez tenha pensado em voltar ao passado para encontrar o pai que sumiu, mas infelizmente não foi possível pois o homem nunca visitara o café. Yukari não aguentou ver tamanha decepção estampada no rosto do coitado.

Reiji explica em detalhes o ocorrido.

– E ela partiu para a América?

– Isso.

– Rá-rá-rá. Bem típico da Yukari. – A risada de Todoroki ressoa por todo o café.

É difícil imaginar aquela gargalhada a partir da imagem formada pelas palavras "pobrezinho" e "desapareceu".

– Recebi este cartão-postal dela e vim vê-la…

Ele mostra o mesmo postal recebido por Hayashida. Yukari está na foto tendo ao fundo o vasto Monument Valley.

– Então não era uma viagem de turismo. Essa Yukari… sempre estendendo a mão a quem está em apuros. – Todoroki solta uma risada meio forçada. Mas não há ironia. Seu semblante é de felicidade.

– É verdade – concorda Reiji.

– E quando ela volta?

– Não sabemos. Às vezes recebemos um telegrama dela, mas é só isso…

– Telegrama? Ainda existe isso?

– Existe.

– Bem, sendo assim… parece ser impossível então… voltar ao passado.

Todoroki sussurra apenas essas três últimas palavras num tom lastimoso.

Como eu previa, pensa Reiji. Todoroki viera ao café para voltar ao passado. Porém, o motivo ainda é desconhecido. Ele deixa o postal sobre o balcão, pega a comanda e se levanta do banco.

Gong.

O gongo do relógio ressoa breve, anunciando 17h30. Por um instante, Todoroki olha para o relógio, abre a boca para dizer algo mas acaba se dirigindo em silêncio ao caixa.

– É possível retornar ao passado – anuncia Nagare às costas dele.

Virando-se, Todoroki deve ter visto uma enorme sombra negra contra as folhagens iluminadas.

– Você disse que é impossível ou *possível* retornar? – Ele procura reconfirmar com uma expressão de espanto.

– Sim, é possível.

– Há outro membro da família Tokita na função além de Yukari?

– Pelo visto, você conhece bem as regras.

– Desde criança eu frequento este café.

– É mesmo?

Todoroki não pergunta quem servirá o café no lugar de Yukari. Contanto que possa retornar ao passado, é indiferente quem seja.

– Ele ainda não foi ao toalete hoje, foi? – pergunta, voltando o olhar para o idoso cavalheiro de preto sentado na tal cadeira.

Como sempre, o homem lê concentrado seu romance.

– Ainda não.

– Entendi.

Todoroki retorna a passos lentos para o banco e pede mais um ice cream soda.

Alguns clientes percebem sua presença e vêm conversar e pedir autógrafos. Ele atende seus fãs com cortesia e, simpático, os brinda com algumas piadas.

Isso leva Reiji a pensar: *Esse é realmente o cara que estava desaparecido?*

Aos poucos, os clientes vão partindo, e após o sol ter se posto por completo, só resta Todoroki no interior do café. Reiji ajusta as luzes do ambiente para o funcionamento à noite.

– Lindo! – exclama Todoroki admirado.

O lado de fora está iluminado e dentro do café as luminárias pendendo do teto alto emitem uma luz tênue. No verão é possível ver as lanternas dos barcos de pesca espalhadas pelo mar e agora, na temporada de férias de outono, uma paisagem fantástica, com folhagens iluminadas parecendo em chamas. O café tem uma *cara* diferente para cada estação. Essa iluminação especial começara a ser usada havia poucos anos, por isso Todoroki a via pela primeira vez.

– Você vai encontrar sua falecida esposa? – Reiji espera Todoroki ficar sozinho para abordar o assunto.

Reiji sente uma leve hesitação no semblante de Todoroki. Porém, ela logo se esvanece e ele responde com tranquilidade.

– Como você sabe?

– O Hayashida esteve aqui mais cedo e…

Apenas isso foi o suficiente. Como se tivesse compreendido tudo, Todoroki interrompe a explicação de Reiji.

– Entendi – diz apenas, e por um tempo guarda silêncio. – E… O que mais ele falou? – Depois de alguns minutos cabisbaixo e mudo, Todoroki pergunta a Reiji sem levantar o rosto.

– Ele comentou que talvez você viesse até o café para viajar ao passado e se encontrar com ela.

– E o que mais?

– Mais nada em especial.

– Tem certeza?

– Tenho.

E Todoroki retorna ao seu mutismo. Passa um tempo apenas contemplando vagamente o nada através da janela, sem olhar para Reiji ou Nagare.

– Foi por um longo tempo a nossa grande meta de vida – murmura de súbito.

Se houvesse outros clientes, com certeza não teriam ouvido a voz, de tão baixa.

– O Grande Prêmio da Comédia?

– É – responde Todoroki acariciando lentamente a aliança em seu dedo anelar esquerdo. – Mais do que uma meta de nós dois, era da Setsuko, minha esposa.

É uma aliança sóbria, sem nenhum tipo de adorno.

– Eu queria tanto ver o rosto alegre dela ao saber que ganhamos o prêmio… Isso me trouxe um tremendo desassossego. Há muitos rumores sobre o meu desaparecimento, mas a carga de trabalho era tanta que foi a forma que eu encontrei para vir até aqui e… – Todoroki explica com um sorriso encabulado, sem dirigi-lo a ninguém em particular.

Ao ouvi-lo, Reiji se lembra da "suposição indecente" que levantara pouco antes e se sente envergonhado de ter tido uma ideia tão leviana.

Onde eu estava com a cabeça quando cogitei um trisal entre eles?

Reiji não consegue sequer encará-lo.

– Então foi isso… Desculpe… – fala numa voz abafada e abaixa a cabeça numa reverência profunda para ninguém em especial.

Todoroki não deve ter entendido o motivo de Reiji estar se desculpando, mas não demonstra dar importância. Apenas assente de leve com a cabeça. Depois disso, retira do bolso da camisa uma reluzente medalha de ouro. Ele a recebeu por ter vencido o Grande Prêmio da Comédia.

– Depois de informar minha esposa, pretendo retornar ao trabalho. Por isso…

Era sua maneira de pedir que o fizessem viajar no tempo.

– Entendido.

Apesar de não ser algo a ser decidido por Reiji, ele expressa sua vontade de fazer Todoroki voltar ao passado. Nagare, que também está ouvindo a conversa, tem o mesmo sentimento e por isso logicamente não se opõe.

Porém, resta ainda uma dúvida. *Então… por que o Hayashida esperou com tanta ansiedade pela vinda do Todoroki? Provavelmente não seria um motivo assim tão relevante*, Reiji supõe. Hayashida devia simplesmente estar tentando descobrir o paradeiro do parceiro sem nenhuma segunda intenção. Reiji instantaneamente trata de apagar a dúvida que lhe cruzara a mente também por se sentir envergonhado por ter suposto uma possível obscenidade.

– Vou mandar já uma mensagem de texto pro Hayashida – anuncia Todoroki e logo em seguida saca ali mesmo seu celular e digita. Hayashida pedira para ser contatado caso o parceiro aparecesse. Mais um motivo para crer que não deveria haver problemas entre eles, afinal o próprio Todoroki avisaria Hayashida.

Que ótimo!

Reiji acaricia o peito, aliviado.

Nesse momento…

Plaft.

O som de um livro sendo fechado se faz ouvir. O ruído vem do local onde o idoso cavalheiro de preto está.

O homem se levanta em silêncio com o livro debaixo do braço. Então, estica as costas, retrai o queixo e, nessa postura ereta, inicia a caminhada na direção do banheiro. Seus passos não emitem ruído. Ao se postar diante do toalete a porta se abre sozinha sem emitir um ruído sequer, e ele desaparecesse lentamente no interior. A porta se fecha.

Como em transe, Todoroki, Reiji e Nagare observam a cena.

A cadeira está desocupada. Sentando-se e sendo servido o café será possível voltar ao passado. Porém, Todoroki permanece calado e imóvel por um tempo.

– Vou chamar a Sachi… – Reiji quebra o silêncio.

Depois de avisar a Nagare, ele se dirige para a escada em direção ao andar de baixo.

– E a Kazu também. – Nagare complementa.

Reiji aquiesce calado e desce com seus passos ressoando pelos degraus.

Ouvindo-os, Todoroki desperta finalmente de seu estupor. Talvez só então ele tenha percebido a ausência de Reiji.

Será que eu já posso me sentar lá na cadeira?, seus olhos questionam Nagare.

– Fique à vontade – Nagare se limita a dizer.

A tensão no rosto de Todoroki diante do assento vazio traz recordações a Nagare. Ele se lembra da hesitação sentida pelas pessoas pretendendo se encontrar com…

uma irmã falecida,
um amigo falecido,
uma mãe falecida,
uma esposa falecida.

E quanto mais importante é a pessoa mais forte é a indecisão. Afinal, mesmo que se possa voltar ao passado para encontrar uma pessoa amada já falecida, não é possível fazê-la ressuscitar. Pois existe a regra de não se poder transformar a realidade por mais que se esforce. Não há como mudar o presente. De forma alguma.

Todoroki deseja informar à esposa a vitória no Grande Prêmio da Comédia que ela tanto ansiara, mas não pôde presenciar. Ele quer alegrá-la com a notícia. Para ele, ver o rosto contente de Setsuko, sua amada, será sem dúvida um momento de enorme júbilo. Também para ela, ou talvez principalmente para ela, o anúncio trará imensa felicidade.

Todavia, eles só poderiam compartilhar tamanha alegria no curto espaço de tempo até o café esfriar por completo. Todoroki precisará voltar a qualquer custo. Caso contrário, continuará sentado no assento como um fantasma. Ao se sentar na cadeira, está implícito que essa condição foi aceita. Dar o primeiro passo na direção da tal cadeira está longe de ser algo fácil.

Os rangidos na escada anunciam que Reiji está subindo.

– Já estão vindo... – avisa Nagare.

Reiji imagina que Todoroki já estará sentado na cadeira, mas ao vê-lo ainda no banco ao balcão movimenta os olhos de um jeito inusitado. Como se esse olhar tivesse servido de estímulo, Todoroki por fim se levanta do banco e caminha com vagar na direção da cadeira da viagem no tempo.

Kazu e Sachi aparecem, vindas do andar de baixo.

Kazu veste uma blusa jeans de manga comprida e calça preta. Está sem o avental. Sachi tem sob o avental azul-claro um vestido florido com graciosos pregueados na gola e nos punhos.

– O Reiji me contou sua história – informa Kazu, parada diante da conhecida cadeira.

– Então agora é você que serve o café no lugar da Yukari. – Todoroki está certo de que a mulher com quem dialoga verterá o café.

– Não – afirma Kazu.

– Não? Então, quem...? – pergunta, confuso.

– Minha filha servirá o café – responde Kazu e olha para Sachi ao seu lado.

– Sou Sachi Tokita. – A menina se apresenta fazendo uma reverência cortês para Todoroki.

Por um instante, Todoroki mostra uma expressão de perplexidade, mas logo se lembra do que ouvira há muito tempo de Yukari: *As mulheres da família Tokita podem servir o café a partir do momento em que completam sete anos.*

Entendo, ele pensa. *Agora é essa menina quem serve o café.*

– Por favor então... – pede, sorrindo para Sachi que retribui o sorriso.

– Faça os preparativos, Sachi.

– Ok. – A menina acata a ordem de Kazu e se dirige a passos rápidos para a cozinha. Nagare naturalmente a acompanha.

Depois de se certificar de que Sachi entrou na cozinha, Todoroki finalmente desliza o corpo entre a mesa e a cadeira. Mesmo se tratando de um local que frequenta desde criança, é sem dúvida a primeira vez que ele se senta *naquela* cadeira. De onde está, Todoroki olha ao redor a partir de uma nova perspectiva.

– A sua esposa também vinha com frequência ao café? – pergunta Kazu.

É o primeiro encontro dela com Todoroki, mas trazer Setsuko como assunto é sua maneira de informá-lo de que ela está a par do que acontecia.

Todoroki também entende dessa forma.

– Vinha. Fiquei sabendo que cinco anos atrás, pouco antes de falecer, ela veio cumprimentar a Yukari no Ano-Novo – responde ele, tendo na cabeça o dia no passado para o qual quer retornar.

– Então, será nesse dia?

– Sim, é o que pretendo.

Setsuko falecera havia cinco anos. Todoroki deve saber o horário exato em que ela visitou o café naquele Ano-Novo. Nada havia de especial para Kazu explicar.

Sachi aparece carregando a bandeja. Nos últimos meses, ela vinha aprendendo com Kazu e Reiji como segurá-la com segurança e, graças aos treinos diários, de certa forma aperfeiçoou o manejar.

Ainda com mãozinhas instáveis, ela coloca a xícara de café branca na frente de Todoroki.

– O senhor já ouviu as regras? – pergunta educadamente.

Todoroki sorri ao notar a tensão no semblante da menina.

– Fique tranquila! Eu até já trabalhei neste café, conheço as regras muito bem.

Impossível saber se é verdade ou não. Seja como for, quem visse logo suporia que ele dissera isso só para tranquilizar a menina.

Sachi se vira e olha para Kazu.

Posso continuar? Ela pergunta com o olhar. Kazu sorri como resposta.

O semblante de Sachi se desanuvia. Ela tem apenas sete anos. É natural estar nervosa.

Ela pega com cuidado o bule prateado.

– Bem… assim sendo… – Sachi começa como que para si mesma, preparando o terreno para o que finalmente irá dizer. – Antes que o café esfrie – ratifica.

Tão logo essas derradeiras palavras ecoam no silencioso salão, Sachi começa a verter o café na xícara. Por ter treinado inúmeras vezes, do bico fino do bule prateado o café desce lenta e silenciosamente até preencher a xícara. Enquanto observa o recipiente sendo enchido, Todoroki se lembra do dia em que, quando criança, ouviu pela primeira vez os rumores sobre o café.

"Viajar no tempo... Até perece. Só pode ser lorota! Além disso, se não se pode mudar o presente... Que sentido tem então?", foi essa a sua primeira impressão. Difícil imaginar que quem disse isso, agora está prestes a retornar ao passado.

Se me recordo bem, na época Setsuko também estava junto e exclamou "Uau, que incrível!" com os olhos cintilando...

Nostalgia e estranheza se misturam e, involuntariamente, Todoroki deixa escapar uma risadinha. Logo após, seu corpo ascende transformado em uma coluna de vapor e desaparece como se tivesse sido tragado pelo teto. Foi um acontecimento instantâneo.

DA-DING-DONG

Nesse momento, a campainha soa estridente e Hayashida adentra o local às pressas. Ele vai direto até a cadeira de onde Todoroki evaporara e grita.

– Gen!!!

Gen é o nome de batismo de Todoroki.

– Hayashida?! – Reiji e Sachi arregalam os olhos.

– Pra onde ele foi? Cadê o Gen?

– Hã?

Embora saiba que é Todoroki quem Hayashida chama de Gen, Reiji está confuso com a inusitada pergunta.

– Se é o Todoroki quem está procurando, ele acabou de ir para o passado encontrar a esposa fale...

– Por que você deixou ele ir?! – Sem perguntar aos outros, Hayashida agarra Reiji pela gola da camisa.

– Senhor Hay... Hayashida. – Apavorada com o comportamento de Hayashida, Sachi vai se esconder atrás de Kazu.

Ah…

Vendo a menina amedrontada, Hayashida recua no ato e solta a gola da camisa de Reiji. Mesmo assim, se vê incapaz de reduzir o acelerado batimento cardíaco. Ele inala profundamente na tentativa de se recompor.

– Q-que houve? – pergunta Reiji timidamente, assustado com a expressão no rosto de Hayashida, cujo olhar está pregado *naquela* cadeira.

– Ele não pretende retornar do passado – sussurra, desanimado.

– Como?! – Os olhos estreitos de Nagare se arregalam.

Ao ouvir Hayashida, Reiji não consegue de imediato se convencer de que Todoroki não retornará. Afinal, aos olhos dele, Todoroki não parecia nem um pouco desesperado. Todavia, se Hayashida esperou diligentemente pelo parceiro no café por esse motivo, tudo agora fazia sentido. Sua intenção era impedir Todoroki de se suicidar.

– M-mas o Todoroki mencionou que só irá informar que venceu o Grande Prêmio da Comédia e voltará…

Todoroki dissera realmente isso. Reiji puxa pela memória e torce para que seja exagero de Hayashida achar que Todoroki não retornará. Porém, Hayashida suspira fundo ao ouvir as palavras de Reiji.

– Ele não tem por que retornar.

– O que leva o senhor a pensar assim? – pergunta Nagare. Então, Hayashida retira seu celular do bolso e mostra a ele uma mensagem. Na tela há uma única frase.

Me perdoe. Cuide de tudo por mim.

Devia ser a mensagem digitada por Todoroki pouco antes na presença de Reiji e Nagare. Conclui-se por ela que, de fato, Todoroki não tem intenção de retornar.

– Como isso foi acontecer…?

Reiji engole em seco e dá uma olhada para a cadeira vazia.

Todoroki, Hayashida e Setsuko fizeram prova para a mesma escola. Ao contrário de Todoroki, os dois amigos estudavam demais. Apesar de Todoroki não ser tão estudioso, não significa que fosse relapso. Suas notas eram medianas. As de Hayashida e Setsuko, no entanto, eram sempre as melhores.

Os três desejavam entrar para a Escola de Ensino Médio Técnico-Industrial de Hakodate. Trata-se de uma escola profissionalizante federal localizada na cidade homônima, conhecida comumente por "Escola Técnica". A instituição de ensino conta principalmente com cursos de cinco anos de duração, de ensino técnico-industrial e tecnológico profissionalizantes (há também cursos da marinha mercante com duração de cinco anos e meio).

Isso foi antes de Todoroki e Hayashida almejarem se tornar comediantes. A Escola Técnica tinha uma atmosfera comparativamente livre e o índice de alunos que conseguiam emprego logo após se formarem era altíssimo. Naquela época, ocupava a 21ª posição num ranking de 486 escolas de ensino médio da ilha de Hokkaido, além de ser a primeira entre as 15 escolas públicas federais, orgulhando-se de uma nota de corte extremamente alta. Em uma das sabatinas individuais que precediam o exame, dos três apenas Todoroki foi informado pelo examinador que provavelmente seria reprovado.

Porém, Todoroki é do tipo que detesta perder.

– De jeito nenhum. Jamais vou desistir. Se eu me esforçar ainda mais, com certeza vou conseguir tudo que almejo – respondeu, não se deixando abater.

Como os três entrariam ao mesmo tempo caso aprovados…

– Basta a gente se ajustar ao nível do Gen para seguirmos juntos – sugeriu Hayashida serenamente.

– Eu tenho certeza que você vai passar, Gen. – Setsuko o encorajou.

Isso foi decisivo.

Todoroki deu tudo de si. Com a torcida de Setsuko e com Hayashida o ajudando com as matérias, durante todo um mês antes da prova ele meteu a cara nos livros e se dedicou mais de sete horas diárias aos estudos.

No dia D, contudo, caiu uma nevasca em Hakodate. Mas a cidade estava, como sempre até hoje, preparada e acostumada com a neve. Não havia razão para a prova ser adiada. Até porque não ventava. O mundo se revestia de uma brancura incrível.

Os três se dirigiram juntos para o local da prova. Estavam bem-preparados. Todoroki fizera vários simulados e os resultados o encorajaram ainda mais, afinal conseguira pontos suficientes para atingir a nota mínima e ser aprovado.

– Se você não passar, Gen, é sinal que os deuses devem te odiar – falou Setsuko entregando a ele um amuleto para dar sorte.

– Estou confiante – garantiu Todoroki, todo convencido. Ele nunca estudara tanto na vida.

Quer saber, talvez eu até tenha descoberto que gosto de estudar. Ele de vez em quando pensava algo do tipo.

Porém, Todoroki acabou não passando. Embora se sentisse mal diante dos outros dois que tanto o apoiaram e encorajaram, ele não estava arrependido. Sentia-se realizado por ter dado o seu máximo e feito tudo o que estava ao seu alcance. Mas nada do que dissesse mudaria o fato de ter sido o único dos três a ser reprovado.

Setsuko deveria estar super-radiante por ter passado, mas, ao contrário, ela chorava de desgosto.

– Esse deve ser o resultado quando você esquece de subornar os deuses – zoou Todoroki às gargalhadas.

Por não ter passado, ele acabou tendo que se matricular, sozinho, num colégio público comum.

Primavera.

No dia da cerimônia de início das aulas, Todoroki não acreditou no que seus olhos viam.

Setsuko estava na sua turma.

– Você? Aqui?!

Setsuko desistira de entrar para a Escola Técnica e passara a frequentar o mesmo colégio público que Todoroki. Além disso, ela, por coincidência, acabara na mesma turma que ele.

– Creio que seja esse o resultado quando você oferece um suborno vultoso aos deuses – declarou ela com um semblante triunfante. – Nós ficaremos para sempre juntos, ok?

Sim, nós dois ficaremos para sempre juntos…

Cinco anos antes

São 3 de janeiro. Para além da janela se vislumbra uma extensa paisagem de neve. No horário em que o sol acaba de se pôr, o azul-escuro do céu se reflete na neve tornando o mundo azul-cobalto. As luzes ao redor da baía reluzem alaranjadas. Esse é o horário mais deslumbrante da estação em Hakodate.

No inverno, o café fecha às 18h. Também devido às festas de Ano-Novo, não há clientes. No local estão apenas Yukari, Setsuko e o idoso cavalheiro.

Era sempre de súbito que alguém aparecia na cadeira da viagem no tempo. Como muitos dos clientes do café são turistas, algumas pessoas ignoram ser possível voltar ao passado ali.

Em meio a isso, quando o corpo do idoso cavalheiro sentado próximo à entrada se envolvia em vapor e no lugar dele surgia uma outra pessoa, os clientes se espantavam ao tentar entender "O que está acontecendo?", mas Yukari permanecia impassível.

– Então, pessoal, gostaram? – indagava aos clientes explicando se tratar de um show de ilusionismo ou algo parecido. Alguns até aplaudiam a tão bem elaborada encenação. E mesmo quando pediam que revelasse como o truque era engendrado, Yukari alegava que jamais se ensina o segredo por trás de uma mágica.

Também naquele dia o idoso cavalheiro foi subitamente envolvido pelo vapor. Era uma cena comum para Yukari, e até mesmo Setsuko a havia presenciado incontáveis vezes. Porém, ao ver a pessoa surgida sob o vapor, Setsuko solta um grito lancinante.

– Gen!!! É você?!?!

– Olá – responde Todoroki acenando de leve com a mão.

Incapaz de imaginar a razão de Todoroki ter surgido de repente, Setsuko olha para Yukari em busca de socorro. O semblante de Yukari se transforma e ela caminha até a cadeira onde Todoroki está sentado.

– Ora, ora, se não é o Gen. Está bem-disposto, não? Eu sempre me divirto tanto te vendo na tevê... – Yukari aperta a mão de Todoroki com entusiasmo.

– Obrigado – replica sem jeito.

A cada pergunta de Yukari, ele responde de maneira forçada. O papo parece que vai longe, até que Setsuko, que estava ao fundo do salão e por lá havia ficado, resolve se meter na conversa dos dois.

– O que houve?

– Como assim?

– Não se faça de desentendido. Você me assustou aparecendo do nada desse jeito – diz Setsuko inflando as bochechas.

– Eu sei, e por acaso eu tinha como avisar?

– É verdade, de fato...

O que Todoroki alega é correto. Sem poder contra-argumentar, Setsuko faz um beicinho.

– Veio do futuro? – pergunta Yukari.

– É... bem, sim, né?

– Aconteceu alguma coisa?

É um breve diálogo, mas Setsuko não para de observar, preocupada, o rosto de Todoroki, que conhece desde a infância, sentindo uma sombria estranheza no seu comportamento.

Da perspectiva de Todoroki, ali diante dos seus olhos está a falecida esposa. Impossível não se sentir confuso e com dificuldade de encará-la.

Setsuko...

Se relaxasse, decerto seus olhos começariam a sentir a tepidez das lágrimas. No entanto, ele não podia deixá-la perceber que já havia morrido.

– Você ultimamente vive reclamando "tô ficando velha, tô ficando velha..." – ele se apressa em mentir.

– Eu?

– Por isso, te avisei que voltaria ao passado para ver se você realmente envelheceu bem ou não. – Que história mal contada!

– Veio só pra confirmar isso?

– Claro. Você enche a minha paciência repetindo "estou velha, pelancuda...".

– Hã? Sério? Que chato hein, desculpe...

– E precisa pedir desculpa?

– É, acho que não.

– E você ainda concorda?!

Os dois riem. Para Setsuko, é uma conversa banal, mas para Todoroki havia cinco anos que não interagia e ria dessa forma com a esposa. Yukari os observava com atenção.

– Então...?

– O quê?

– Você não disse que veio confirmar?

– Ah, sim, claro.

– E o que está achando? Eu envelheci mal? Repare bem. – Setsuko se agacha e se aproxima bastante do rosto de Todoroki.

– Nem um pouco. Tá igualzinha!

– Tá falando sério?

– Juro.

A Setsuko nas lembranças de Todoroki morrera na primavera daquele ano. Não havia como ela ter envelhecido.

– Opa, que maravilha! – Setsuko se alegra singelamente. – Daqui a quantos anos?

– Como?

– Daqui a quantos anos eu devo começar a me preocupar com o meu envelhecimento?

– D-daqui a cinco anos.

Setsuko cruza os braços, pensativa.

– Isso significa que você está com 43 agora?

– É.

– Você sim deu uma boa envelhecida, Gen.

– Cala a boa, vai. Larga de ser chata!

– Rá-rá-rá! – Setsuko solta uma gargalhada, mas só ela.

Isso o fez lembrar de que...

Apenas nove dias haviam se passado desde que Todoroki conquistara um quadro fixo, na madrugada, num programa de tevê, e pedira Setsuko em casamento no Natal.

– Uma excelente época para um pedido romântico... bem a sua cara – caçoara Setsuko, irônica.

– Cala a boca, vai – diz novamente, dessa vez enrubescido.

– Eu até poderia responder agora, mas quero primeiro informar meus pais que você me pediu em casamento. Por isso... daria pra você esperar até lá? – Feliz da vida e sorridente, Setsuko quis saber para comprar logo as passagens de avião para Hakodate.

Setsuko disse SIM em 4 de janeiro, logo após retornar para Tóquio. Seria no dia seguinte àquele.

* * *

– Setsuko, querida... – Yukari, que observa um pouco afastada a interação dos dois, fala às costas de Setsuko. Nesse instante, o sorriso desaparece do rosto de Setsuko.

– Eu sei...

Depois de dizer isso, permanece pensativa por um tempo, mordendo os lábios. Logo em seguida, expira com força.

– Então, o que você veio fazer aqui... de verdade? – pergunta com pesar a Todoroki.

Ele começa a piscar rápido ao ouvir a súbita pergunta.

– Q-quê?

– Você acha realmente que eu sou boba?

– Boba? Como assim?

– Você veio só pra me alegrar, não é?

Setsuko cruza os braços e olha para Todoroki, agora com um baita sorriso de satisfação de volta.

– Hã?

– O quê? Estou errada?

– Ah, não. Não está.

– Então, me conta logo.

Setsuko impõe o ritmo da conversa do início ao fim. Seu rosto parece exprimir a autoconfiança de quem sabe exatamente o que passa pela cabeça de Todoroki. E sempre fora assim. Ele é incapaz de se opor ao que Setsuko pede.

– O Grande Prêmio da Comédia... – murmura ele com ar resignado.

– O quê?! Não vai me dizer que...

– Nós vencemos.

– UAAAAAAAAAAUUUUUUUUUUU!!! – O grito de Setsuko reverbera por todo o interior do café.

Felizmente não há outros clientes, mas mesmo que houvesse ela sem dúvida teria gritado do mesmo jeito.

– Silêncio!

– UAAAAAUUUUU!!!

– Shhhhh!

– UAAAAAAAUUUUUUU!!!

– Fala baixo!

Em êxtase, Setsuko começa a andar de um lado para o outro numa alegria tremenda, enquanto Todoroki apenas a observa sem poder se mover da cadeira. Se o fizer, será forçado a retornar ao tempo em que estava originalmente. E ele não deseja isso.

A comemoração continua até Setsuko se cansar e voltar a se sentar em frente a ele. Resfolegando, ela o encara.

– O quê?

– Parabéns!!! – As pupilas de Setsuko reluzem.

– Ah, ok…

– Estou *muuuito* contente. Nunca estive tão feliz.

– Não exagera.

– É sério!

– Verdade?

– Ã-hã.

Todoroki vê uma Setsuko ainda mais alegre do que no dia em que ele a pediu em casamento.

Que ótimo! No final, eu pude vê-la tão alegre e não tenho do que me arrepender, pensou.

Pela primeira vez desde que retornara ao passado ele abre um sorriso genuíno.

Agora…

– Eu já posso morrer em paz!

Quem diz isso não é Todoroki, mas Setsuko.

Hein?

Todoroki não entende bem o que Setsuko quer dizer. Contudo, além da própria Setsuko, mais alguém compreende suas palavras.

– Querida… – diz Yukari de repente, com os olhos cheios de lágrimas.

– Do que você está falando? – pergunta Todoroki.

– Eu morri, não é?

Todoroki engole em seco.

– Se não foi por isso, por que então você viria ao passado? Só pra me comunicar sobre a premiação?

– Não, é que…

– Não precisa mentir.

– É que…

– Estou ciente da minha doença. Eu sei que me resta pouco tempo de vida.

– Setsuko…

– Por isso, seu pedido de casamento me deixou extremamente feliz, mas também indecisa sobre o que eu deveria fazer… Não tive coragem de consultar meus pais. Estava certa de que os entristeceria. Então, pedi ajuda a Yukari.

Todoroki se lembra dos semblantes assustados das duas quando ele apareceu no Donna Donna. Depois, enquanto Yukari foi conversar com ele, Setsuko por um tempo continuou parada, virada de costas ao fundo do salão. Naquele exato momento, ela se dera conta de que morreria, e aceitou seu destino.

– Obrigada por ter vindo me contar. Estou muitíssimo feliz. De verdade, não imaginava tamanha felicidade.

– …

– Vamos, pare de chorar…

Dizendo isso, Setsuko enxuga com os dedos as lágrimas que escorrem pelas bochechas de Todoroki como se confortasse uma criança.

– O café vai esfriar.

Todoroki sacode a cabeça em negativa.

– O que houve, meu amor? – Setsuko parece uma mãe zelosa lidando com o filho.

– Eu não pretendo voltar.

– Por quê? Você ganhou o Grande Prêmio da Comédia. Daqui pra frente vai chover trabalho! Você precisa aproveitar e se empenhar ao máximo! Afinal, você foi para Tóquio só para isso, correto?

– Porque *você* estava lá... – sussurra um Todoroki sempre cabisbaixo. – Porque eu queria ver *o seu* rosto alegre.

Lágrimas em profusão pingam sobre a mesa. O homem de 43 anos de idade chora, seus ombros não param de tremer.

Em várias ocasiões ele havia pensado em desistir.

Certa época, quando tinha por volta de 35 anos, vivia furioso por não receber um cachê decente e não parava de entrar em conflito com os humoristas parceiros ao seu redor. Passava os dias criando esquetes e se humilhando para conseguir trabalho. Comediantes mais jovens, surgidos depois do PORON DORON, acabavam tendo oportunidades na tevê antes deles.

Os dias eram uma sucessão de incerteza e impaciência. Setsuko sempre fora seu suporte diário. Quando Todoroki mostrava um semblante sombrio, ela, otimista e incansável, o incentivava com uma expressão sorridente.

Eu sempre me esforcei tanto para alegrá-la e fazê-la feliz...

Contudo, Setsuko não estava mais neste mundo.

– Eu só dei tudo de mim e cheguei até aqui porque *você* sempre esteve ao meu lado...

Só que agora...

– Eu sei.

Sabe?

– Gen, você me ama de verdade, não ama? – Como sempre ela sorri gentilmente. – Por isso, mesmo eu tendo morrido, você continuou se esforçando, correto?

– Porque conquistar o Grande Prêmio da Comédia era o *seu* maior sonho...

– Com certeza.

– Foi por isso que eu vivi somente para conquistá-lo.

– Batalhe, então! Continue a se esforçar ainda mais daqui em diante!

Todoroki balança negativamente a cabeça.

– Por que não?

– Eu não consigo sem você! Não tem sentido continuar vivendo… – Todoroki se exaspera feito uma criança malcriada.

Apesar do estado em que Todoroki se encontra, Setsuko apenas sorri carinhosamente.

– Eu vou estar contigo. Sempre estarei ao seu lado, Gen – garante Setsuko, sem rodeios. – Mesmo ausente, desde que não se esqueça de mim, eu estarei sempre perto de você. Sempre. Sabe por que você continuou a se empenhar com todas as forças mesmo após a minha morte? Porque eu continuava dentro do seu coração, não foi?

Dentro do meu coração?

– Mesmo eu morrendo, estarei felicíssima por você estar atuando como comediante, vivendo disso. Somente você, Gen, pode fazer feliz a Setsuko aqui, a Setsuko morta.

A Setsuko morta…?

– Eu te amo tanto, Gen… Com toda a minha vida.

Eu…

– Não vou permitir que você diga que está tudo acabado porque eu morri.

… achava que a morte era o fim de tudo, mas…

– Por isso, continue dando tudo de si, ok?

Todoroki chora e soluça como uma criança.

A morte não precisa ser o fim da vida.

Pensando bem, quanto de sua vida fora de fato dedicada a realizar o sonho de Setsuko?

Um décimo? Talvez até menos?

Não era justo afirmar que devotara toda a sua vida.

Inclusive, em determinado momento ele pensou em dar um fim à própria existência.

Ele pensou em dar um fim à existência de Todoroki + Setsuko.

Ela tentava fazê-lo perceber.

E ele finalmente percebeu.

Se for para deixar feliz a falecida Setsuko, ele precisará se empenhar pelo resto da vida...

– Agora... beba.

Setsuko empurra a xícara para que fique bem próxima dele.

O café em breve estará completamente frio.

Todoroki ergue o rosto inchado e pega a xícara.

– Amanhã eu direi SIM ao seu pedido. Na realidade, hesitei se devia ou não aceitar por saber que morrerei antes de você, mas... como eu consegui colocar para fora tudo o que eu tinha a dizer...

– Ah...

Setsuko endireita as costas e estufa o peito.

– Trabalhe e se esforce pelo resto da vida para me fazer feliz, combinado?

– Combinado, pode deixar – replica Todoroki e toma todo o café de um só gole.

Lágrimas escorrem pelo rosto de Setsuko.

A visão de Todoroki espirala, contorcida, e a paisagem ao redor passa a flutuar de baixo para cima. Ele se transforma em vapor e, ondulando, começa a ascender enquanto olha para Setsuko.

É o momento da despedida.

– Lembre-se de mim até o fim de nossas existências, ok?

– Até o fim de nossas existências?

– Porque meu amor por você é mais profundo do que qualquer ressentimento.

– Entendi, entendi.

– Obrigada por ter vindo me ver.

– Setsuko…

Todoroki é sugado para o teto.

– Eu te amo, Gen! – grita a ponto de ficar rouca.

O silêncio volta a reinar no interior do café. Depois de Todoroki evaporar, o idoso cavalheiro de preto reaparece. Ele lê calmamente seu livro como se nada tivesse acontecido.

Setsuko se recorda de quando conheceu Todoroki.

Foi logo depois da mudança de turma ao passar para o quinto ano do fundamental, ou seja, por volta dos 10, 11 anos de idade. Ela começou a sofrer bullying dos meninos da turma que a chamavam de "Pestilenta". Tentava argumentar, mas ninguém se dispunha a ser amigo dela, a esticar a mão. Inventaram que tudo que a menina tocava se enchia de germes e havia até quem jogasse fora objetos manuseados por ela. Foram dias de muito sofrimento e tristeza.

Na época, Todoroki veio para a sala de Setsuko transferido de outra turma. Ele tinha o dom de fazer as pessoas rirem e logo se tornou popular na turma. No entanto, isso não impediu que o bullying sofrido por Setsuko continuasse.

– Toma cuidado para não tocar nela e pegar germes mortais – alertou um menino.

Setsuko não sabia como lutar contra isso. A turminha do bullying só crescia. Sacrificar uma vítima era uma forma de solidificar a união do grupo. Ela imaginou que o mesmo ocorreria com um aluno transferido. Se você não participa do bullying, não entra pra galera.

Porém, com Todoroki foi diferente.

"Tô nem aí. Quem sabe um germe tão bonito consiga curar minha feiura?", ele costumava dizer. Todos gargalhavam. Isso não serviu para acabar com o bullying contra Setsuko, mas o mundo dela mudou por completo. Apenas Todoroki era gentil com Setsuko. Quando alguém gritava "eu peguei o germe dela" e corria para jogar a coisa fora, Todoroki pedia para passarem o germe dela para ele, provocando riso geral. Até que a própria Setsuko parou de se importar de ser chamada de pestilenta ou algo do tipo. Ela sabia que, se isso acontecesse, Todoroki correria em seu auxílio. Não tardou para começar a se apaixonar por ele.

Na época, ouvindo os rumores sobre o café, os dois passaram a frequentá-lo. Ali conheceram Hayashida, estudante de outra turma.

Eram as lembranças mais preciosas de Setsuko.

– Yukari... – ela a chama de pé, às costas da proprietária.

– Diga.

– Eu fiz o que pude, não acha? – sussurra. Seus ombros tremem. – Eu...

– Sim, você conduziu bem a situação.

– ...

– Bem, não. Muito bem.

– Tá.

Da janela é possível ver a neve caindo serenamente. Serenamente e em absoluto silêncio.

As folhagens outonais, iluminadas pelo sol, são como pequenas labaredas.

Reiji empalidece ao ser informado por Hayashida de que Todoroki não voltará.

– Desculpe. Eu jamais poderia imaginar que ele não tivesse intenção de retornar.

Reiji está ciente de que apenas se desculpar não resolverá o problema, mas sente necessidade de fazê-lo.

– Que isso. Eu é que deveria ter esclarecido melhor.

Olhando a palidez de Reiji é possível entender o que ele sente. Hayashida também se arrepende por não ter sido incisivo o bastante. Por isso, não pode culpar o rapaz.

Em meio a essa atmosfera pesada, Kazu se dirige gentilmente a Reiji.

– Não se preocupe.

E, em seguida, expõe seu pensamento.

– Quando ouvi mais cedo a conversa, eu entendi que o Hayashida veio ao café para impedir que o amigo voltasse ao passado. Eu também percebi a intenção dele de não retornar.

– Quê?! – exclama Reiji involuntariamente ao ouvir o que ela diz.

Kazu havia sacado que Todoroki não retornaria.

– Então... por que você deixou ele ir?! – Hayashida levanta involuntariamente a voz.

Kazu, porém, se mantém serena. Ela o encara com o semblante circunspecto.

– Deixa eu lhe perguntar uma coisa... – começa. – Essa moça, Setsuko, conhece bem as regras do café, certo?

– Conhece, lógico.

– Sendo assim, ela não me perece do tipo que apenas assistiria passivamente o amor da sua vida surgir sentado nessa cadeira com o café diante dos olhos até esfriar, não?

– B-bem...

Era difícil imaginar que Setsuko somente observaria Todoroki calada. Porém, poderia ocorrer uma situação extrema. Não se sabe o que aconteceria se ele, num gesto desesperado, intencionalmente derramasse o café no chão.

– Mas...

– Não se preocupe, tudo ficará bem! Veja...

Ao dizê-lo, Kazu olha para a tal cadeira. Uma coluna de vapor aparece do nada. Ela se estende vagamente acima do assento como uma gota de tinta jogada em um tanque de água formando os contornos de uma pessoa. Esses contornos se transformam em Todoroki.

– Gen, meu camarada! – exclama Hayashida.

– Seu idiota, você está falando meu nome verdadeiro alto demais! – Ao invés de saudar o parceiro, Todoroki, com os ombros trêmulos, o repreende.

Um pouco depois, o idoso cavalheiro retorna do toalete. Ele se posta de pé na frente de Todoroki.

– Perdão, mas, por obséquio, esse assento me pertence – informa num linguajar educado.

– Desculpa… – Fungando pesado, Todoroki, às pressas, se levanta da cadeira.

O idoso cavalheiro sorri com satisfação e desliza o corpo entre a mesa e a cadeira sem emitir um som sequer.

– Gen… – chama de novo Hayashida.

– Eu acabei voltando – sussurra Todoroki parecendo envergonhado.

– Ah.

– Ela não aceita que a morte seja o fim de tudo que a gente construiu!

Hayashida sabe bem a quem ele se refere. Seu semblante relaxa. *Mandou bem, Setsuko!*, Hayashida deve ter pensado.

Todoroki desvia os olhos do amigo.

– Por isso, por favor, apague a mensagem que eu te enviei há pouco – pede, encabulado.

– Vai ser inconstante lá na…! – reclama Hayashida, brincando.

– Me perdoe.

Logo depois, os dois se desculpam com o restante do pessoal por toda a confusão causada.

– Quando Yukari voltar, transmita a ela nossas lembranças, por favor – pedem e saem do Donna Donna.

Em breve, a dupla PORON DORON estará de novo em atividade.

Como se nada tivesse acontecido, Kazu deixa as tarefas de fechamento do café por conta de Reiji e Nagare e desce ao andar de baixo juntamente com Sachi para preparar o jantar.

As feições de Reiji, empalidecidas devido à responsabilidade de ter encorajado Todoroki a voltar ao passado, retornam ao estado normal.

– Kazu parece enxergar longe as coisas, não?

Enquanto dá uma geral no salão, Reiji suspira ao se lembrar do que acontecera há pouco.

No caso do incidente com a foto no final do verão, Kazu conseguira pescar as emoções de Yayoi, que havia retornado ao passado. Kazu viera há poucos meses para o café. Reiji está impressionado com a capacidade que ela tem de perceber o que vai no coração das pessoas.

Por sua vez, Nagare continua pensativo. Olhando as próprias mãos, ele não avança na arrumação.

– O que houve? – Achando estranho o comportamento de Nagare, Reiji pergunta, encarando-o. Este olha seriamente para Reiji.

– Já faz um tempo que eu venho pensando sobre... – sussurra como se falasse para si mesmo.

– Sobre o quê? – Reiji inclina a cabeça.

– O motivo de eu não ter desejado me encontrar com ela...

A conversa recomeça a partir da frase dita por Reiji ao final da tarde.

É que se você estivesse no café em Tóquio, teria podido se encontrar com sua esposa que não vê há quatorze anos e... Apesar de Reiji ter dado como encerrada a conversa, Nagare não parara de pensar no assunto.

– É como o Todoroki falou há pouco.

– Oi? O quê?

– A esposa explicou a ele que a morte não precisa ser o fim de tudo.

– Ah... Hum... Sim.

– Eu também penso dessa forma – afirma Nagare. – Nunca considerei a morte como o fim da vida – sussurra apenas, enquanto remói o significado das palavras. – A Kei estará sempre dentro de mim. Afinal, ela vive no meu coração. Ou melhor, ela vive no coração de nós dois.

Por "nós dois" Nagare certamente se refere a ele e à filha Miki.

Dooong, dooong, dooong, dooong...

Nesse exato momento, o relógio da parede principal ressoa. São 18h.

Era como se o vaivém do badalo expressasse o sentimento de Reiji. Devo ou não falar alguma coisa? O que dizer a Nagare?

– Sinto-me envergonhado – declara Nagare com os olhos ainda mais semicerrados quando as seis badaladas cessam. – De ter dito isso agora.

– É? – replica Reiji.

– Finja que não escutou o que eu disse, ok?

– Pode deixar.

Os dois recomeçam a arrumação que havia sido interrompida.

As folhagens outonais flamejantes farfalham parecendo exortá-los a trabalhar.

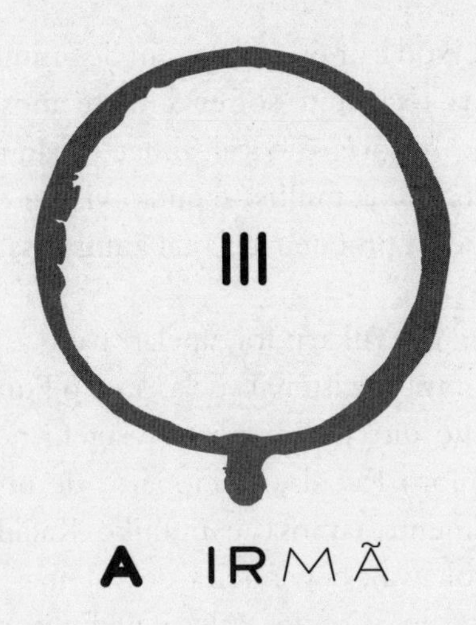

A IRMÃ

Por favor, durante a minha ausência, cuide do café para mim.

Yukari Tokita fora para os Estados Unidos deixando uma carta com esse teor para o filho Nagare Tokita. Sua intenção é procurar o pai de um rapaz que visitara o café. Ela gosta de ajudar as pessoas e se sente na obrigação de estender a mão quando vê alguém numa situação difícil.

Alguns anos antes, uma turista de Okinawa em visita a Hakodate passara por acaso pelo café e tomara conhecimento da possibilidade de viajar no tempo. Ela expressara seu desejo de retornar ao passado para se encontrar com uma amiga que, na infância, subitamente mudara de escola. O motivo alegado foi ter carregado por um longo tempo o arrependimento de ter brigado com essa amiga e a feito sofrer antes dela se transferir de escola.

No entanto, essa mulher desconhecia as regras. Segundo elas, só é possível se encontrar com alguém que, em algum momento, já tenha visitado o café. Além disso, você não pode se levantar da cadeira em que está sentado e há uma limitação de tempo: até o café esfriar por completo. Quando ouviu tudo isso, a mulher deixou cair os ombros em desânimo. Seu remorso deve, sem dúvida, tê-la feito sofrer durante anos a fio.

Esse tipo de história é o calcanhar de aquiles de Yukari. Ela pegou o contato da mulher e então viajou diversas vezes a Okinawa decidida a procurar pela tal amiga usando suas várias redes de contato.

A estratégia de Yukari foi apelar para as redes sociais. Ela própria ignorava a existência delas, mas o Funiculì Funiculà, o café em Tóquio que permite a tal viagem no tempo, tinha como clientes Goro Katada, funcionário de uma empresa de games mundialmente famosa, e Fumiko Katada (sobrenome de solteira: Kiyokawa), engenheira de sistemas que havia um tempo retornara ao passado. Yukari pediu a cooperação de ambos, inclusive com dicas sobre como lidar com o caso.

Uma ideia bem-sucedida foi o contato feito com um grupo de postagem de vídeos formado apenas por youtubers mulheres denominado "Olá, Divulgadoras", com atuação em Okinawa. Contando com mais de um milhão de seguidores em todo o Japão, seus vídeos atingem diversas faixas etárias. O grupo aceitou cooperar e fez apelos por meio de seus vídeos. Descobriu-se que a amiga da mulher morava em Hiroshima, e com isso as duas conseguiram se reencontrar após mais de uma década.

Essa amiga também se arrependera amargamente da separação durante um longo tempo – em razão da briga ocorrida antes dela se mudar por razões familiares e acabar tendo o paradeiro desconhecido. Aparentemente, também por ter se transferido de escola sem dizer uma palavra, ela supunha que a amiga de Okinawa estaria todo esse tempo zangada e isso a desmotivou a contatá-la.

É difícil entender o que vai no coração das pessoas. Às vezes, alguém se cala apenas por supor o que o outro pode estar sentindo e sequer procura confirmar. Por isso, ainda que a contraparte considere um intrometimento, Yukari tem por temperamento partir logo para a ação.

Mesmo quando a outra pessoa reclama de sua "interferência", Yukari sempre desconfia se a pessoa se sente invadida de verdade. Ela tem dentro de si uma regra definida de "três recusas". Observando essa regra, só desiste quando a outra pessoa refuta três vezes sua ajuda. Em outras palavras, só após três negativas ela considera sua ajuda como uma "intromissão" indesejada.

O caso do rapaz que veio dos Estados Unidos está longe de ser exceção. Porém, Yukari dessa vez não adotou o método empregado no caso da mulher de Okinawa. Ela decidiu dar uma de detetive particular e rastrear discretamente os passos do pai desaparecido. Por isso, ela não faz ideia de quanto durará o "durante a minha ausência".

Agora, acabou de chegar mais um cartão-postal de Yukari ao café.

Eu ficarei ausente por um bom tempo.

– Só isso?!

Tendo terminado o expediente no hospital e já trajada com roupas comuns, a dra. Saki Muraoka se exaspera ao olhar o postal nas mãos de Nagare.

– Só – responde ele com o semblante inexpressivo.

– Nem sei o que dizer. Em certo sentido, é bem típico dela.

Uma pessoa de fora como Saki parece ainda mais chocada do que o próprio Nagare com a falta de responsabilidade de Yukari.

– Você tem razão... É bem típico dela – observa descontraidamente Reiji Ono.

Na realidade, por exercer trabalho temporário há um bom tempo no café, talvez Reiji tenha presenciado, bem mais do que Nagare, o comportamento egoísta e errático de Yukari.

Seu jeito de falar deixa claro que ele está acostumado com esse tipo de atitude dela.

Já passam das 17h e além de Saki há no café somente um casal e Reiko Nunokawa. Reiko é uma cliente que, depois que a irmã mais nova começou a trabalhar no café na época mais agitada das férias, passou a aparecer com mais frequência.

– Doutora... – chama Reiji, baixinho.

– O quê?

– Por que justo hoje você fez questão de trazer a Reiko ao café?

– Hein?

– É que... a Yukika... – Reiji para pela metade deixando ininteligível o final da frase.

Yukika, a irmã mais nova de Reiko, recebeu há quatro meses o duro diagnóstico de que lhe restava pouquíssimo tempo de vida, o que logo se confirmou. A doença tinha um nome complicado e a causa ainda era desconhecida. Os casos são bem raros no Japão e até agora não se descobriu um tratamento eficaz.

Reiko, devido ao choque causado pela morte da irmã, passou a sofrer de insônia, e costuma dar as caras no café à procura de Yukika, apesar dela já ter falecido. Trabalhando no café, Reiji várias vezes presenciou esse comportamento de Reiko.

Enquanto Yukika era viva, as irmãs eram muito apegadas e viviam sorridentes. Reiji testemunhou inúmeras vezes as duas na maior alegria. A Reiko de agora perdera a graça e aquela jovialidade. Reiji não conseguia entender como o fato de fazê-la vir ao café traria a Yukika algum benefício, e se sentia pouco à vontade ao vê-la ali durante seu turno, afinal era doloroso demais constatar o estado atual de Yukika.

– Porque hoje será diferente. – Saki se restringira a informar.

Escurecia do lado de fora. E a luminosidade que incidia sobre as folhagens outonais as faziam brilhar de tão avermelhadas.

Saki está sentada em um dos bancos do balcão e ao seu lado Sachi Tokita segura o livro das 100 perguntas. Sachi adora esse livro e sempre que tem tempo livre desanda a disparar perguntas. Elas haviam sido interrompidas quando Nagare e Saki começaram a conversar sobre o cartão-postal que Yukari mandara.

DA–DING–DONG

– Boa noite!

Quem entra é Nanako Matsubara.

– Ah, é a Nanako! – Os olhos de Sachi brilham. Ela está feliz por ter mais uma pessoa a quem possa fazer as perguntas.

– Bem-vinda – saúda Nagare.

– Sachi, boa noite! – cumprimenta Nanako e vai se sentar ao lado dela em um dos bancos do balcão. Sachi agora está ladeada por Nanako e Saki. – Um ice cream soda, por favor.

– É pra já – responde Nagare e se dirige à cozinha.

Nanako é aluna da Universidade de Hakodate e amiga de infância de Reiji, que também estuda lá.

A questão é que, nos últimos tempos, Reiji tem matado aula e trabalhado quase todos os dias no café. Ele almeja ir para Tóquio. Quer se tornar comediante e para isso precisa poupar dinheiro para morar na capital.

Depois das aulas, Nanako costuma dar uma passada na turma de instrumentos de sopro da universidade e, ao terminar por lá, em geral visita o café.

Reiji encara Nanako, solta um "hummm" e franze o cenho.

– Que foi? – Encabulada, Nanako desvia o olhar do rosto de Reiji.

– É que você está um pouco diferente hoje, não? – questiona Reiji e observa em detalhes a aparência da moça.

– Diferente em quê?

– Não sei.

– Que diabos você está querendo insinuar?

– Sei lá. Só acho que está com um ar… diferente.

Apesar de aos olhos de Reiji o rosto de Nanako parecer diferente, ele não consegue discernir o que mudou.

– O que será?

– Para, vai – reage Nanako às palavras de Reiji.

Reiji está confuso e cabreiro com o jeito diferente de Nanako. Ele tampouco compreende o motivo de sua inquietação. Talvez por ser homem, ele não perceba a mudança em Nanako, mas Saki a nota com facilidade.

– É o batom – diz e acerta em cheio.

– Tá mesmo com uma cor diferente. – Até Sachi, com seus sete aninhos, percebe.

– Ah! – Reiji deixa escapar.

Saki observa fixamente o rosto de Nanako.

– É uma cor nova? – A doutora inclina a cabeça, está na dúvida.

– S-sim, acho que é.

Não é que ela normalmente não usasse maquiagem. Porém, a simples mudança na cor do batom pode causar uma alteração substancial na aparência de uma mulher. No entanto, Reiji não fora capaz de distinguir concretamente a mudança.

– Bem que eu notei algo diferente. De fato, é o batom.

Reiji conclui que é a cor do batom a responsável pela sensação de estranheza de pouco antes. Aliviado, ele passa a mão no peito sem se dar conta do real motivo de sua inquietação.

– Ficou ótimo.

– Você acha?

Elogiada por Saki, Nanako abre um sorriso de satisfação.

– Não vai me dizer que arrumou um namorado? – brinca Reiji enquanto inclina o corpo sobre o balcão.

– Isso te incomoda?

– De jeito nenhum, só estou curioso.

– Só curioso?

– Com quem você se relaciona é problema seu, não me importo, mas eu tenho curiosidade em saber que tipo de homem seria.

Nanako inclina a cabeça sem compreender aonde ele quer chegar.

– Se não é problema seu… tá curioso por quê? Ficou incomodado? – insiste.

– Claro que não.

– Se gerou curiosidade é porque se importa.

– Sentir curiosidade e se importar são coisas bem diferentes. A decisão de namorar é totalmente sua, só sua, mas eu tenho curiosidade em saber qual é o temperamento do cara que você escolheu e o que te atraiu nele para querer se relacionar.

– Então, nesse caso… são iguais!

– Há uma sutil diferença, não?

– Eu não vejo e nem entendo.

– Não precisa entender.

A conversa gira em círculos e não vai dar em lugar nenhum. Indiferente, Sachi observa por observar a conversa entre os dois.

– Então, até onde você foi? – Nanako trata de mudar rapidamente de assunto olhando o *100 perguntas* na mão de Sachi.

– Até a nº 86 – responde Sachi alegremente.

Ao contrário do tipo de livro que se deve avançar na leitura em silêncio, ela se diverte fazendo as perguntas a Nanako e Saki e ouvindo suas respostas. Logicamente, não é possível fazê-lo todos os dias, e ela só consegue avançar umas duas ou três perguntas num dia devido aos desdobramentos que causam. Por isso, quase dois meses se passaram desde que fez a primeira.

– Falta pouco para terminar, né?

– É… só mais um pouquinho.

– Vamos continuar?

– Bora!

Para Sachi, acostumada a ler três livros por dia, é uma experiência singular e divertida avançar na leitura dessa forma, com lentidão e com Nanako e Saki participando.

Reiji olha de soslaio para as duas e faz beicinho antes de ir para a cozinha.

– Aqui está seu pedido. Desculpe a demora.

Trocando de lugar com Reiji, Nagare sai da cozinha e coloca diante de Nanako o ice cream soda. Numa taça com um refrigerante verde-esmeralda, Nagare colocou uma bola de sorvete de creme recém-preparado por ele mesmo com ovos especialmente selecionados e adoçado com açúcar.

– Obrigada!

Os olhos de Nanako brilham ao pegar o canudinho. Esse ice cream soda preparado por Nagare é o seu favorito. Enquanto o desfruta, Sachi avança na leitura das perguntas.

"O que você faria hoje se o mundo acabasse amanhã?: 100 perguntas.

Pergunta nº 87.

Você descobriu que tem um filho e ele acabou de completar 10 anos de idade."

– Lá vem mais uma pergunta ardilosa. – Saki interrompe a menina e franze a testa jocosamente.

– Dez anos, né? – pergunta Nanako e Sachi confirma com a cabeça. – É uma idade delicada.

O "delicada" dito por Nanako significa uma idade em que a criança, embora ainda imatura, já possui capacidade para compreender as coisas ditas por um adulto. Crianças de 10 anos hoje em dia já dominam o computador e fazem buscas de qualquer coisa na internet, o que torna difícil dar explicações displicentes.

– Entendido! – Nanako incentiva Sachi a continuar a pergunta, e ela então recomeça do início.

"O que você faria hoje se o mundo acabasse amanhã?: 100 perguntas.

Pergunta nº 87.

Você descobriu que tem um filho e ele acabou de completar 10 anos de idade.

O que você faria hoje se o mundo acabasse amanhã?

1. Ficaria calado, pois mesmo revelando ele não entenderia direito.

2. Abriria o jogo para não se arrepender e se sentir culpado por não ter contado a verdade."

– Número 1! – Tão logo acaba de ouvir a pergunta, Nanako responde de chofre.

– Você não diria nada? – pergunta Saki.

– Ele tem 10 anos, né? Eu não contaria! Isso apenas chocaria a criança sem necessidade.

– Entendo.

– A doutora contaria?

– Hum. Ele só tem 10 anos... – Saki olha para o teto enquanto reflete por um tempo. – Será que eu contaria? Provavelmente não – sussurra como para si mesma.

– Não, né?

– Então, e se você, Nanako, tivesse 10 anos e...?

– Eu?

– Você ia querer saber a verdade? Ou não?

– Hummm. – É a vez de Nanako erguer os olhos para o teto.

Sachi observa a interação entre as duas com os olhos brilhando.

– Talvez eu desejasse saber.

– Nesse caso você está sendo hipócrita.

– Veja… Eu própria ia querer saber, mas não gostaria de contar para o meu filho.

– Por quê?

– Eu prefiro, eu aguentaria sofrer as consequências, mas não desejo ver meu filho triste. Deve ser por isso.

– Entendo.

Com certeza há uma contradição, mas a resposta é convincente e Saki assente firmemente com a cabeça também no sentido de concordância.

– E você, tio Nagare?

– Hum. Talvez a 2.

– Por quê?

– Tem a questão do arrependimento, da culpa e também porque eu não saberia esconder.

– Imagino. Você não sabe mentir – acrescenta Nanako.

– Nagare é do tipo que se perguntarem "Você anda escondendo alguma coisa?", conta toda a verdade. – É a vez de Saki comentar.

– Bem isso – confirma Nagare coçando a cabeça.

Sentada à mesa ao lado da janela, Reiko observa vagamente a conversa.

Gong.

O gongo do relógio ressoa anunciando que já são 17h30.

Motivado pela breve badalada, o casal se levanta. Reiji corre até o caixa.

Ouvem-se passos ruidosos vindos do andar de baixo. Kazu Tokita sobe a escada.

– Sachi – chama Kazu.

– O quê?

– O jantar está na mesa!

– Entendi.

Plaft. Sachi fecha o *100 perguntas*.

– A gente continua outra hora, né? – propõe Nanako.

– Tá – concorda a menina, deixando o livro sobre o balcão e se dirigindo ao andar de baixo.

Kazu acompanha Sachi, não sem antes dar uma piscadela para Nagare. Era como se quisesse dizer "deixo o resto por sua conta".

DA–DING–DONG

O casal paga a conta e sai do café.

Agora, os únicos clientes são Nanako, Saki e Reiko.

– Ah, eu já ia me esquecendo – fala Reiji de súbito. – Saki, será que você poderia dar uma olhada no material que eu preparei para a minha próxima audição e me dar sua opinião?

É comum Reiji pedir isso a clientes habituais com quem está familiarizado. O sonho dele é passar em uma audição de alguma grande agência de talentos e se tornar comediante.

Ele ficou ainda mais motivado ao descobrir, alguns dias antes e do nada, que Todoroki e Hayashida, da famosa dupla de comediantes PORON DORON, são nativos de Hakodate e haviam sido clientes habituais do café.

– Você não é engraçado. – Em poucas palavras, Saki destrói por completo o entusiasmo do jovem sonhador. – Ninguém ri das suas piadas, não é carismático e o seu *timing* é péssimo. Eu mesma nunca sei quando é pra rir. É um erro você tentar seguir carreira de comediante. É melhor desistir – prossegue ela.

A forma de falar é até delicada, mas são palavras duras.

– S-saki, você não acha que está exagerando um pouco?

Nagare pretende com isso afirmar que as palavras de Saki ferem os sentimentos de Reiji, mas o rapaz, no entanto, não parece nem um pouco incomodado.

– As coisas não são bem assim como você pensa! – contra-argumenta, inabalável, com um sorriso irônico. Não importa o que digam, Reiji é um sujeito cheio de autoconfiança, daqueles que jamais desistem de seus sonhos.

– Estou falando para o seu bem. Reiji, um dia você vai ver que foi tempo perdido, e aí será tarde demais para se arrepender.

– Não se preocupe. Isso nunca vai acontecer.

Saki suspira. É como falar para as paredes: entra por um ouvido, sai pelo outro…

– Posso dar uma olhada se você quiser – intervém Nanako.

– Dispenso.

– Por quê?

– Sua opinião não me adianta de nada.

Reiji teme que, por serem amigos de infância, Nanako seja parcial com ele. Ele deseja uma opinião sincera.

– Então aceite a minha! – Saki reage no ato.

– Fui! – Sem dar atenção a ela, Reiji arregaça as mangas e vai calmamente para a cozinha. Há no fundo um armário destinado aos funcionários. Ele certamente se dirigiu até lá.

– Reiji? – Nagare chama em direção à cozinha.

– ?

Intrigados, Nanako e Nagare trocam olhares inclinando a cabeça.

Pouco depois, Reiji volta trazendo um caderno com anotações dos esquetes cômicos e uma bolsa grande.

– Nagare, dá pra cuidar do resto?

– Resto…? Ah, tudo bem.

Nessa época do ano o café funciona até as 18h. Como pouco antes soou a breve badalada das 17h30, mesmo aparecendo um novo cliente, pedidos não são mais aceitos. O "resto" a que Reiji se refere são as tarefas de fechamento do café.

– Aonde você pensa que vai? – Curiosa, Nanako apenas deseja saber o motivo da saída repentina, abrupta até, do amigo. Afinal, não deu nem o horário.

– Vou fazer uma performance pública, ao vivo.

– Agora? Mas já está escuro lá fora!

– Em frente ao Kanamori Hall, ali no entorno dos armazéns, tem a hamburgueria Lucky Pierrot e com certeza ainda há turistas zanzando por lá!

O Kanamori Hall está localizado bem no centro da área da baía, uma região turística de Hakodate, no final do famoso conjunto de armazéns de tijolos vermelhos alinhados ao longo da zona portuária. É um espaço muito utilizado como sala de concertos, abrigando também vários tipos de eventos culturais e peças de teatro. Nos arredores há um shopping – também em tijolos vermelhos – e restaurantes. Como disse Reiji, a frente do Kanamori Hall, mesmo naquele horário, está iluminada e há transeuntes.

Porém, parece que o tempo vai virar. Alguns minutos atrás já era possível ouvir o estrondo dos trovões. Mas Reiji não se importa agora com chuva, vento ou trovoadas.

– Estou indo!

Sem conseguir conter seu entusiasmo, ele sai de imediato.

DA–DING–DONG

– Reiji!

Tarde demais.

– Já foi – sussurra Saki com as bochechas apoiadas nas mãos. *Ah, como é bom ser jovem!*, pensa ela, sorridente.

– Desculpe por isso. – Nanako abaixa a cabeça para Nagare e se desculpa no lugar de Reiji, que saiu porta afora deixando para trás as tarefas de fechamento do café.

– Tudo bem, não esquenta, sem problema. Até porque, hoje... – Nagare diz, sorridente, e depois de olhar de relance para Reiko dá uma piscadela para Saki.

Saki confirma o horário no relógio de pulso.

– Ah é, tem razão – murmura.

Nanako observa a porta de entrada ainda se fechando.

– O talento que ele tem para não desistir de seu sonho... é contagiante – sussurra entremeando um suspiro.

Mas você gosta dele do jeitinho que ele é, não? As palavras ficam presas na garganta de Saki que apenas observa sorridente o rosto de Nanako.

– O que foi?

– Nada, não.

Saki pega o *100 perguntas* deixado ali por Sachi. Ela não tem intenção de continuar com as perguntas. Apenas precisa se concentrar em outra coisa para não acabar deixando escapar algum comentário precipitado ou mesmo leviano.

Justo quando essa estranha atmosfera paira entre Nanako e Saki, Reiko de súbito se levanta.

– Quanto deu? – pergunta.

– Hein? Hã... ok... hummm.

A inquietação de Nagare é visível. Como o horário de fechamento está bem próximo, é supernatural Reiko fazer menção de partir. Mesmo assim, Nagare se apressa parecendo estar angustiado.

– Então... que tal um refil? – propõe entre outras sugestões incoerentes.

– Não, só a continha mesmo – responde Reiko serenamente com a comanda na mão.

– É? Mas... você acabou de chegar.

De novo, as palavras de Nagare soam desconexas. Até porque hoje Reiko veio ao café acompanhada de Saki quase uma hora mais cedo. Ela terminou o chá preto que pediu logo ao chegar e não há como retê-la o dia inteiro ali. Contudo, Reiko não parecia querer de fato ir embora. Ela observa calmamente a entrada do café.

– Como a Yukika não vai vir mesmo... – sussurra timidamente.

– Ué, mas...

Com a testa suada, Nagare está visivelmente angustiado e solta comentários sem pé nem cabeça.

Saki então vem em seu socorro.

– Você não tinha combinado de se encontrar aqui com a Yukika? – Saki não contesta o que Reiko dissera. Sua voz é gentil e serena.

– Tinha – responde Reiko continuando de pé. – Ela me prometeu que iria apresentar o namorado quando a gente se encontrasse.

– É mesmo? Aposto que você está ansiosa para conhecê-lo.

– Mas eu devo ter confundindo o dia do nosso encontro...

O semblante de Reiko se anuvia.

Não havia engano de data. Yukika, a irmã mais nova de Reiko, morrera fazia três meses. Reiko esperava pela irmã que nunca viria. Isso não acontecera apenas naquele dia. Reiko andava visitando o café para aguardar a chegada da irmã.

A dra. Saki sabe muito bem que Yukika havia falecido. Ela esteve encarregada de sua saúde mental durante a internação. Porém, mesmo assim ela não contesta Reiko.

– O que me diz de esperar um pouco mais? Talvez ela tenha se atrasado devido ao encontro com o namorado.

Uma luzinha surge no olhar vago de Reiko.

– Afinal, você não tem outro compromisso, ou tem?

– É, não tenho.

– Então...

Reiko espia de novo a porta de entrada.

– Tome um café por minha conta – oferece Saki e olha para Nagare.

– Boa ideia – diz Nagare e vai às pressas para a cozinha.

– Então tá, eu fico mais um pouquinho. – Reiko decide aguardar e volta a passos lentos para sua cadeira.

– Que maravilha! – Mesmo em serviço, Yukika fala de um jeito que ressoa por todo o interior do Donna Donna.

– Shhhhh! Modere o tom da voz. – Sentada ao balcão, Reiko se encolhe toda, preocupada com o olhar dos demais clientes.

Na alta temporada, Yukika trabalha excepcionalmente no café. Quando todos os assentos estão ocupados no horário de pico, nem Yukari e Reiji dão conta sozinhos. Por vezes, até Nanako aparece para dar uma mãozinha.

As duas irmãs estavam no café em meio ao feriadão da *Semana Dourada* – que vai do final de abril ao início de maio –, algumas semanas antes da internação de Yukika.

Graças aos festivais das cerejeiras, realizados em Goryokaku e nos parques de Hakodate, o café ficava lotado. Porém, naquele momento o pico do almoço já havia passado e o interior do café estava razoavelmente calmo. Yukika não tinha tempo para uma pausa longa, mas era possível conversar com a irmã que viera ao café apenas como cliente.

– Será que agora vai? – Yukika se senta ao lado da irmã mais velha e a observa com um sorriso.

– Agora vai o quê?

– Que tal se colocar no lugar do Mamoru?

Yukika gira com força o banco onde Reiko está sentada para encará-la e ativa o "modo sermão".

– Não sei o que te deixa incomodada, mas é impossível achar normal que o Mamoru fique esperando meio ano pelo seu sim.

– Tem muitas coisas acontecendo!

– Muitas coisas o quê, por exemplo?

– Muitas coisas são muitas coisas, ora bolas!

Reiko e Yukika são irmãs e só há as duas na família. Os pais morreram quando elas eram pequenas e uns parentes em Hakodate cuidaram delas. Porém, quando Reiko começou a trabalhar, as duas decidiram alugar um apartamento. Viviam em total harmonia.

Portanto, uma das "muitas coisas" a que Reiko se refere talvez tenha relação com sua hesitação em se casar e, consequentemente, deixar a caçula para trás.

– Se abre, vai – pede Yukika.

– Esquece. Não se preocupe. Não é algo que vá mexer com a sua vida.

– Será?

– Com certeza.

– É que eu estava esperando minha irmã mais velha se casar primeiro.

– Isso significa que você já tem namorado?!

– Lógico que tenho. Qual o problema? – Para Reiko é um choque saber que Yukika já namora. Ela sempre a via como uma criança ou talvez era assim que desejava imaginá-la. – Por que essa cara de espanto? – Yukika a questiona e faz um beicinho como se pedisse *pare de me tratar como criança.*

– Ah, não... Não me diga que vocês estão pensando em...?

– Ué, quem sabe, se ele pedir a minha mão... – revela Yukika levantando o queixo de um jeito peculiar.

– Então ele ainda não propôs...

– Bem, não exatamente.

– Fico feliz de saber que o negócio é sério.

É um pouco triste, mas no fundo Reiko se sente aliviada. Imagina o remorso caso se casasse e precisasse deixar a irmã mais nova sozinha. Mas, no final das contas, o que ela mais anseia é a felicidade de Yukika. Reiko sempre desejara que a caçula tivesse uma pessoa especial em sua vida.

E Yukika com certeza nutre o mesmo desejo em relação à irmã.

– Ah, que ótimo! Então, sem pressa, eu acho que direi sim no momento adequado.

Yukika tenta ser cuidadosa ao máximo em frente a Reiko para mostrar sua intenção de não se casar antes da irmã mais velha. Porém, para Reiko não fica clara essa sua demonstração.

– Então primeiro me apresenta esse seu namorado! – É a vez de Reiko virar o banco de Yukika com força para encará-la.

– Nem pensar!

– Yukika...

– De jeito nenhum.

– Enquanto *eu* não conhecer o sujeito... nada de casamento!

– Por que não?

– E você ainda pergunta? É óbvio, né? Nossa família é composta por apenas nós duas.

– Eu sei, mas não sou obrigada a obter a sua aprovação. Sou?

– É sim!

– Não sou.

– Vai me apresentar, sim.

– Nem pensar.

– Por quê?

– Porque não.

Era uma divertida troca de argumentos.

– Já vi tudo! Aposto que é um playboyzinho. Tô certa?

– Tá errada.

– Está desempregado?

– Ele trabalha.

– Trabalha, sim, trabalha... Aposto que é um 3B.

– Que diabos é isso?

– Barbeiro de dia, bartender de noite e baterista no fim de semana: um cara charmoso, mas *complicaaado*.

– Não é nada disso.

– Não é nada disso? Então é um 3P!

– 3P?

– Policial de dia, personal de noite e pescador no fim de semana.

– Moleza ficar listando profissão com a letra P.

– Anda, me conta sobre ele.

– Espera sentada que em pé cansa.

– Não vai me dizer que é ator?

– Me poupe.

– Ou está tentando viver de comédia tipo stand-up?

– Cruz credo.

Reiji, atrás delas, se mete na conversa.

– Eu ouvi isso! – exclama ele, que almeja se tornar comediante.

– Vai, me apresenta, poxa! Eu quero conhecer o sortudo. Por favor…

– Tá, tudo bem! Pode deixar. Numa próxima oportunidade.

– Quando será isso?

– Em breve.

– Sem falta? Vamos, prometa.

– Tá bom, tá bom.

– Ok, promessa é dívida. – Reiko então estende seu dedo mindinho.

– O que foi? – Yukika franze a testa.

– Vamos prometer cruzando os mindinhos.

– Não é necessário, né?

– Anda logo.

Yukika, com relutância, estende seu dedo mínimo e Reiko entrelaça o seu ao dela.

– Se estiver mentindo…

– Não precisa falar alto.

– Vai ter que engolir mil agulhas!

O dia em que elas fizeram a promessa…

A irmã mais nova ainda estava viva.

Era um momento de pura felicidade, como num sonho bom.

Yukika não está mais neste mundo. Morreu sem cumprir a promessa. Viveu apenas um mês após a internação. Foi tudo muito rápido. Uma partida súbita. Sua morte abalou imensamente a vida de Reiko.

Em primeiro lugar, desde a morte da irmã, ela passou a sofrer com uma insônia terrível. As noites em claro se sucediam e mesmo durante o dia começou a ter a sensação de estar vivendo dentro de um sonho. Com o tempo, a linha que separa sonho e realidade foi aos poucos esvanecendo e, apesar de acordada, qualquer situação fora do trivial era capaz de trazer de volta a visão do dia em que, no Donna Donna, fizera a promessa à irmã.

Até que... vieram as alucinações e a desordem mental. Os sintomas eram graves, tão graves que começou a precisar de tratamento psiquiátrico, conduzido pela dra. Saki Muraoka.

E mesmo um provável casamento com Mamoru, que tanto havia alegrado Yukika, virou um impasse. Reiko se recusava a aceitar o pedido.

Como aceitar a felicidade agora que a minha irmãzinha querida se foi?

Ela, infelizmente, se convenceu disso.

Se nada fosse feito com relação à sua insônia, a tendência era o agravamento do estado de saúde, que se deteriorava a olhos vistos. A condição crônica causaria fraqueza física com consequente turvação da consciência, acarretando a impossibilidade de Reiko tomar decisões minimamente razoáveis.

Se minha irmã morreu infeliz, eu viverei infeliz.

A dra. Saki acreditava que, caso Reiko se entregasse de vez a tal obsessão, haveria a possibilidade de cogitar até mesmo o suicídio, tamanha era a importância de Yukika na vida dela.

Não importa o que dissessem, o estado mental era gravíssimo e tornava o resgate de Reiko impossível nesse momento.

Um clarão.

– Uau! – reage Nanako.

Por um instante, o interior do café fica todo iluminado. Poucos segundos depois… o estrondo.

– Esse foi perto, não? – comenta Nagare.

Do lado de fora começa um barulho forte de chuva.

– Tomara que Reiji esteja bem.

Reiji saíra sem levar guarda-chuva. Mesmo encontrando um abrigo, se voltasse sem ficaria encharcado.

Outubro está no fim. Nessa época do ano as chuvas já são geladas.

– Pelo visto, é um caso perdido… – lamenta Nanako se levantando do banco do balcão. – Posso pegar emprestado um daqueles ali? – pergunta indicando o porta-guarda-chuva.

– Ah, sim, claro – responde Nagare.

Nanako pretende ir ao encontro de Reiji. Ela sabe que Yukari comprou uma boa quantidade de guarda-chuvas para momentos como aquele.

– Vá com cuidado. – Já está escuro lá fora e os relâmpagos não param. Embora achasse muito pouco provável ela ser atingida por um raio, Nagare alerta por precaução.

– Pode deixar.

Apesar de suspirar aborrecida, Nanako age com celeridade. Parece procurar um motivo para ir atrás de Reiji. Ela pega dois guarda-chuvas e deixa o café às pressas.

DA-DING-DONG

Com a partida de Nanako, o silêncio envolve o café. Ouvem-se apenas o barulho da chuva lá fora e o tique-taque do relógio de parede.

Nagare e Saki observam o relógio, depois trocam olhares.

São 18h45.

– Hoje, com certeza, você vai poder se encontrar com a Yukika... – murmura Saki se dirigindo a Reiko.

Justo nesse momento, um novo clarão ilumina a noite.

E o Donna Donna fica às escuras.

– Xiii... Caiu a energia.

Kabrrruuum! Uma fortíssima trovoada ecoa.

Nessas condições, costuma demorar até a energia ser restabelecida. Às vezes, horas. Depende de onde o raio caiu.

– Foi um apagão... – conclui ao olhar pela janela.

– Está escuro como breu, não?

Nagare e Saki conversam tranquilamente em meio à escuridão. É como se já estivessem esperando pelo blecaute. Por ter ocorrido de repente, seus olhos ainda não se adaptaram e é impossível distinguir a silhueta um do outro. Porém, é possível ouvir o farfalhar do movimento das roupas e sapatos de uma outra pessoa.

Havia mais alguém no café. Para ser mais exato, essa pessoa "surgiu". Não era Nanako de volta. A presença podia ser sentida na cadeira onde até há pouco o idoso cavalheiro de preto estava sentado. O próprio não passava a sensação de estar presente. Mesmo quando se levantava para ir ao banheiro, seus movimentos não faziam barulho. Além disso, ao se deslocar não emitia som de passos. Isso porque o idoso cavalheiro era um fantasma. Na cadeira onde ele estava pode-se sentir, com certeza, uma presença. Proveniente do passado ou do futuro.

– Reiko...

– Hã?

Reiko, às pressas, vira o rosto na direção da voz.

Nesse momento, as luzes subitamente se acendem.

– A luz voltou – sussurra Nagare.

– Reiko.

Os olhos de Reiko estão grudados na dona da voz que a chama.

– Yukika?

Quem está sentada na tal cadeira é a falecida Yukika, irmã mais nova de Reiko. Em contraste com o rosto lívido de Reiko, o semblante de Yukika é luminoso. Ela está empertigada na cadeira e encara a irmã com olhos cheios de vida.

– É você mesmo... Yukika? – pergunta Reiko e se levanta com lentidão. Sua voz treme.

– Sou eu mesma.

Em comparação, a voz de Yukika é serena. Há um nítido contraste entre os tons de voz das duas.

A irmã que aparece diante de Reiko traz uma aura acolhedora e tranquila, como aquela em seus devaneios.

– Esperou muito? Desculpe por eu ter me atrasado... – Yukika mostra a língua e sorri meio envergonhada.

Como uma continuação daquele dia, o modo de falar é exatamente igual.

– Reiko?

– É você mesmo, Yukika?

– O que houve? Que cara é essa? Parece até que foi pega fazendo o que não devia! – Yukika inclina a cabeça enquanto observa curiosamente o rosto de Reiko.

Estou sonhando?

Com a cabeça confusa, Reiko emudece.

– Reiko?! – Yukika insiste, preocupada.

Reiko está em choque.

– Parece mesmo? Você acha? – Procura devolver às pressas um sorriso, mas sem muito sucesso devido à falta de prática.

Porém, Yukika não demonstra se importar com o estado de desorientação da irmã.

– Nossa! Olha só que incrível está lá fora! Essas folhagens outonais são de fato deslumbrantes!

Ela se entusiasma ao perceber, através da janela, os tons das folhagens agora novamente iluminadas, parecendo em chamas. Esse era o jeito espontâneo de Yukika.

– São lindas, não?

– Ah, sim, são... lindas – responde Reiko com dificuldade. A fisionomia está transtornada, como se lutasse para entender o motivo do aparecimento repentino da irmã.

– Você parece distraída, meio aérea, sei lá – comenta Yukika fazendo um beicinho.

– N-não, não estou – diz Reiko, que, apesar de tudo, tenta aparentar calma e caminha até ficar ao lado de Yukika.

Ela agora está tão próxima que poderia tocá-la.

– Reiko... – Yukika a chama, observando o rosto da irmã.

– O quê?

– Tá se sentindo bem? Você está pálida.

– Você acha?

– Acho.

– Deve ser por estar meio escuro aqui.

– Tudo bem então.

Yukika não havia mudado nada. A caçula está igual àquele dia. Bem-humorada, simpática, amigável... Além disso, gentil, atenciosa e sempre sorridente.

Observando a irmã com atenção, Reiko por fim conclui.

Ela veio do passado.

Por qual motivo? Ela não entende a razão. O semblante da irmã não deixa pistas.

Yukika segura a xícara e sorve o café.

– *Amaaargo*... – Faz uma careta e mostra a língua.

Porém, seja qual for a razão, a irmã, que está morta, encontra-se diante de seus olhos. É bom demais vê-la franzindo a expressão pelo amargor do café. O coração de Reiko fica quentinho. Jamais imaginara poder vê-la outra vez.

Yukika se vira para Nagare e levanta o braço.

– Por favor.

– Sim – responde ele.

– Teria um pouco de leite?

– Ah, claro. Já trago – diz Nagare e vai para a cozinha.

Não era para a Yukika estar morta?

Esse pensamento a faz retornar na mesma hora – do mundo de sonhos confusos devido à insônia e à exaustão – para a realidade.

Ela morreu…

Reiko não queria acreditar. Tampouco aceitar. Como um adulto desesperado se apega ao álcool, Reiko escapava da dura realidade mantendo-se desperta. Torturar a si mesma era a forma de enganar a dor em seu coração pela perda da tão querida irmã caçula.

No entanto, agora, a Yukika que está diante de seus olhos não era sonho ou ilusão. Apenas isso ela podia entender com clareza. Não havia possibilidade daquela mulher ali não ser sua verdadeira irmã.

Das profundezas de seu desespero pela perda da irmã, sua consciência obscurecida vai aos poucos desanuviando.

Será que ela não…

Uma hipótese cruza a mente de Reiko.

Yukika está exatamente igual a quando estava viva. Isso significa que…

Ela não sabe que ia morrer?

Seria isso então? É algo bastante plausível. Ninguém sabe o que acontecerá no futuro. Se a Yukika que ali se encontra é a de antes da hospitalização, ela desconhece sobre sua doença e seu estado terminal.

– Aqui está. – Nagare volta trazendo um bule com leite.

– Nossa…

Indiferente ao leite oferecido, Yukika arregala os olhos ao se deparar com Nagare de pertinho, em pé diante dela. Ela falecera antes de Nagare vir para Hakodate, portanto o via pela primeira vez. Não teve como esconder sua surpresa ao ver o homem de quase dois metros de altura.

– O-obrigada.

Yukika abaixa a cabeça apologeticamente, com os olhos brilhando de curiosidade. Pela primeira vez ela via um homem tão alto.

Reiko não tem mais dúvidas ao notar a reação espontânea tão costumeira de Yukika.

Ela não sabe que morreu.

Se soubesse, não estaria se comportando com tanta descontração.

Mas, então, por que ela teria vindo do passado?

A dúvida martela a cabeça de Reiko.

Ela não sabe.

Todavia, apenas uma coisa está bem clara.

Não posso deixar que ela perceba que morreu.

Um clique, como o de um interruptor, soa dentro de sua cabeça.

Assim como nos bons tempos, eu vou me comportar como a irmã mais velha de sempre.

Consciente de como agir, seus olhos voltam a se animar.

– Yukika.

– Diga – pede, misturando leite e açúcar ao café.

– Como vai o namoro?

É melhor continuar a conversa de onde pararam naquele dia. É o mais natural.

– Hein? Ah, o *namorooo*... – Yukika revira os olhos e alonga a última sílaba sem continuar.

Eu sei que ela vai me enrolar.

Quando queria escapar de um assunto, Yukika sempre usava esse subterfúgio.

– Não me diga que terminaram?

– Como você sabe?

– Tá na cara.

Então é isso! Ela veio do passado me informar sobre o término. Mas, só para isso, não precisava viajar no tempo, ou precisava?

Ignorando o que passa pela cabeça de Reiko, Yukika dá de ombros.

– Você me conhece tão bem assim?

– Pior é que eu estava superansiosa para conhecer o sortudo!

Precisava ou não precisava?

– Agora já era, aquele sujeitinho…

– Hoje em dia, terminar virou algo banal, não acha?

– Não foi tão simples assim.

Reiko continua sem saber o real motivo da irmã ter vindo.

Todavia…

Eu jamais imaginaria que uma conversa trivial como essa me faria tão feliz. Feliz até demais.

E então cai a ficha. Yukika devia sentir o mesmo.

Se ela souber que eu e o Mamoru terminamos, sem dúvida vai ficar superchateada. Eu sempre desejei demais a felicidade dela, e vejo que isso era totalmente recíproco… Foi ela a pessoa que ficou mais feliz quando eu anunciei que estava namorando o Mamoru.

– Ah, não? Tô por fora mesmo.

Reiko infla as bochechas ao dizer isso. Esse tipo de interação gostosa entre irmãs sempre foi algo frequente, desde pequenas.

Contudo, o *sempre* tinha virado *nunca mais.*

Me perdoe, por favor, mas eu e o Mamoru não vamos mais nos…

Nesse momento, Reiko abaixa as pálpebras tentando reprimir o choro. Yukika precisa retornar ao passado antes que o café esfrie. Reiko com certeza está ciente dessa regra.

Sendo assim, vou me comportar como a irmã mais velha até a derradeira despedida. Não quero preocupar a Yukika. Mesmo me vendo obrigada a mentir…

Reiko aperta os punhos com força. Suspira fundo e lentamente, procurando fazer com que Yukika não perceba.

– Ao contrário de você, as coisas vão maravilhosamente bem entre mim e o Mamoru – informa fazendo o possível para a voz não embargar.

Ufa, consegui falar direitinho.

– De verdade?

Não posso deixá-la saber.

– Verdade verdadeira! Tanto é que no mês que vem vamos nos casar, e você...

Ela não pode perceber.

– Vai estar lá, claro!

Não posso chorar.

A visão embaça.

Por que você foi morrer? Por quê?!

– Até porque eu jamais te perdoaria se não fosse ao meu casamento – avisa Reiko e faz um enorme esforço para abrir um sorriso para Yukika.

– Um-hum.

Uma lágrima solitária brota no cantinho do olho de Yukika, que encara Reiko.

Um clarão e... *Kabrrruuum!* Uma fortíssima trovoada ecoa.

Nesse momento, o interior do café volta a escurecer. Não se vê um palmo à frente.

– Não, de novo, não... – sussurra Nagare.

Quando um raio cai num transformador e provoca um apagão, a região da queda passa por seguidas interrupções de energia para tentarem descobrir em qual poste o problema ocorreu.

– Yukika...

Ela chorava?

– Ah... Esquece, Reiko. Você mente muito mal mesmo. – Apenas a voz irritada de Yukika ressoa em meio à escuridão. – Então, aposto que aconteceu o que eu temia.

– Aconteceu... temia... Do que você está falando?

– Você e o Mamoru terminaram, não é?

Hein?

– Claro que não! De onde você tirou essa ideia?

– Chega de mentira.

– É verdade!

– Então, por que está chorando?

– Eu? Chorando?

– Está sim!

– Como você sabe? Numa escuridão dessa, nem pode ver o meu rosto.

– Aí é que você se engana.

– Hein?

– Eu não preciso ver o seu rosto. Conheço bem o que vai no seu coração. Melhor do que ninguém. Esqueceu que somos irmãs?

– Yukika…?

– Me perdoe, foi tudo culpa minha… Por eu ter morrido.

O que ela está dizendo?

– Yukika…

Tudo ali eram apenas vozes, não se podia ver nada na escuridão.

Snif-ic-snif-ic…

Em meio ao silêncio, é possível ouvir os soluços chorosos de Yukika misturados ao tique-taque do relógio.

– Jurei para mim mesma que não ia chorar… mas não consegui.

– Yukika…

– Já me informaram que eu estou doente… Que é muito grave e só tenho mais um mês de vida… É difícil de acreditar me vendo assim tão bem e animada, né? Mas foi o que disseram.

Não faz o menor sentido… Reiko não está entendendo nada. Suas emoções estão embaralhadas e ela não consegue nem pensar direito. Porém, uma coisa é certa.

Minha irmãzinha já sabe que vai morrer.

– Por quê? Por que você tinha que morrer?

– Pois é. Eu também penso nisso.

– Yukika…

– Mas, sabe o que é mais estranho? Eu não sinto medo da morte.

Impossível! Se fosse assim, por que estava chorando?

No entanto, Reiko não consegue expressar isso em palavras. Em vez disso, uma enxurrada de lágrimas…

– Sabe do que eu tenho mais medo… – declara Yukika e funga com força. – De que depois da minha morte você se esqueça de como é importante sorrir.

– Mesmo passando por uma cirurgia, a chance de cura…

Foi no início do verão deste ano que Yukika ouviu dos médicos as explicações sobre a sua doença.

A noite está quente e úmida, algo incomum em Hakodate.

– … é baixíssima, porém não devemos perder a esperança. É que casos como o seu são tão raros que só nos resta nos empenhar ao máximo… – explicou o médico.

– Entendo…

– Podemos conversar com a sua família e…

– Prefiro que não.

– Mas…

– Quando chegar o momento, quero eu mesma comunicar a eles, mas por enquanto…

– Compreendo.

Yukika pediu aos médicos que informassem a Reiko que, por ter sido identificada uma sombra em seus pulmões no raio-X, ela seria internada para exames tão logo abrisse uma vaga. E que, a princípio, não seria nada.

– Está tudo bem, não se preocupe – consolava Yukika, sorridente. – Vou sair dessa.

* * *

Mas Reiko ficara mais aflita do que o esperado. Perguntava com insistência sobre a saúde da irmã e bastava notar sinais de cansaço na caçula para empalidecer, parecendo ser ela a enferma.

Foi Saki quem notou a anormalidade.

– Transtorno de ansiedade generalizada? – Yukika franze o cenho ao ouvir o nome da enfermidade até então desconhecida.

Saki é uma cliente habitual do café. Aparece toda manhã para comer algo antes de ir trabalhar. Quando termina o expediente, vem tomar um café. Há tempos conhece Yukika de vista. Naturalmente, ela também conhece Reiko. Saki tem uma conversa com Yukika ao notar o comportamento da irmã.

– Realmente, ela sempre foi do tipo que se preocupa com tudo, mas isso é algo problemático?

– É difícil traçar uma distinção nítida, mas a linha divisória seria se essa ansiedade deve ou não se tornar objeto de tratamento.

– Objeto de tratamento?

– É normal se preocupar, *Será que eu me esqueci de trancar a porta ao sair?*, não acha?

– Sim.

– Porém, o problema é que uma pessoa com essa condição não só se preocupa, mas sofre demais com tudo o que acontece ao seu redor e isso começa a afetá-la fazendo, por exemplo, com que não consiga dormir ou comer e acaba causando um transtorno real.

O coração de Yukika acelera.

– As causas e os gatilhos são variados, mas no caso de Reiko pode-se deduzir que a condição tenha sido motivada pela morte dos seus pais no acidente.

– Por que acha isso?

– Porque a Reiko parece sofrer com a vaga ansiedade de não saber quando e por que uma pessoa morre. Como se não bastasse, tem um fortíssimo senso de responsabilidade e tomou para si a firme missão de criar você em lugar de seus pais.

O que Saki afirma faz todo o sentido.

– A sua hospitalização é apenas para a realização de exames, correto? Se ela não parar de se preocupar sobre o que pode fazer, ou seja, sobre o que está ao alcance dela, e se essa ansiedade acarretar problemas à saúde física e mental... precisará de tratamento.

Yukika ainda não revelara a Saki como seu estado era grave. No entanto, quando Saki descreveu a condição de Reiko com tanta precisão, Yukika não poderia simplesmente continuar calada.

– Vamos lá, doutora. Bem, na realidade...

Yukika abriu o coração com sinceridade. Se a cirurgia não funcionasse, ela só teria mais um mês de vida.

– Xiii... A Reiko vai...

– Então, é por isso que eu não posso revelar.

– Entendo como você se sente, mas...

– Talvez eu não morra, mas se eu revelar a ela que existe essa possibilidade e o tamanho dela...

O coração de Yukika fica apertado só de imaginar a tristeza e o sofrimento da irmã. Ninguém deseja ver a pessoa que mais ama sofrer por sua causa.

A chance de eu morrer é...

Essas palavras dilacerariam o coração da irmã e, consequentemente, o dela.

– Se eu disser que não temo morrer estaria mentindo. Porém, meu maior medo é minha irmã deixar de sorrir por causa de minha morte.

– Ah, Yukika.

– Ela decidiu se casar com o Mamoru e tem tudo para ser feliz daqui em diante. E eu acabarei destruindo tudo isso...

– Então… por favor, sorria!

Nada havia de pesaroso na voz de Yukika ecoando em meio à escuridão. É a voz da irmã mais nova que, enquanto viva, age com alegria ao desejar apenas a felicidade da irmã mais velha.

– Não me diga que você veio do passado apenas para me dizer isso.

– Exatamente. Nada mais do que isso!

– Yukika…

– Mesmo eu morrendo, quero que você viva sempre sorridente. Sempre! De onde eu estiver, estarei sempre admirando seu semblante de felicidade.

Yukika devia estar se esforçando ao máximo para não chorar, mas era possível ouvir o leve som do nariz fungando.

– E nessas duas semanas que me restam… eu também quero viver sorridente.

– Yukika.

– Então?

– Yukika.

– Entendeu?

– Yukika.

– Responda.

– Eu…

– Hein? Fale mais alto!

– Entendi.

– Ótimo!

Só de ouvir a voz de Yukika, mesmo em plena escuridão, Reiko visualiza com clareza a mulher bem-humorada, simpática, amigável, gentil, atenciosa e sempre sorridente.

– Yukika…

Então a ficha cai.

Eu estava enganada, pensa Reiko.

Se as posições se invertessem...

Eu não teria medo da morte, mas odiaria ver a Yukika triste por causa disso.

Reiko se dá conta de que esse era o mesmo sentimento da irmã caçula.

Não posso mudar a realidade da morte da minha irmã... Porém, posso viver de uma forma que não a entristeça.

Espessas lágrimas escorrem pelas bochechas de Reiko.

As irmãs compartilham o mesmo sentimento.

E Reiko finalmente compreende.

E se estivéssemos em posições opostas? Se eu morresse, quem mais ficaria triste ao ver a infelicidade da minha irmã... sem dúvida eu.

Por isso...

Eu não podia ter jogado para o alto o meu relacionamento com o Mamoru, um motivo de alegria para a Yukika. Em respeito a ela, eu não posso ser infeliz.

Reiko fecha os olhos com firmeza como se ruminasse esses pensamentos sobre Yukika. Mesmo assim, a torrente de lágrimas não estanca.

Eu não posso mostrar este rosto para ela. Não posso chorar diante da minha irmã cujo desejo é que eu "viva sorridente". Se a luz voltar, preciso estar sorrindo como se tudo estivesse bem!

Reiko se esforça em enxugar as lágrimas.

Nesse instante...

Cling.

O som da xícara sendo posta sobre o pires reverbera na escuridão, vindo de onde Yukika está sentada. Reiko logo compreende o significado desse som. Yukika deve ter tomado todo o café.

Já era hora?

– Yukika!

Minha irmãzinha...

– Reiko...

Minha irmã bem-humorada, simpática e gentil...

– Yukika...

– A pessoa que eu adoro mais do que tudo neste mundo.

Desculpe pela preocupação que eu lhe causei.

– Custe o que custar... Você precisa...

Minha irmã, sempre sorridente...

– ... ser feliz, combinado?

Yukika...

– Vai me prometer ou não vai?

– Eu prometo – responde Reiko, fazendo das tripas coração para sorrir.

Nada podia ser visto naquela escuridão. As lágrimas não paravam. Mesmo assim, Reiko dirige a Yukika um sorriso forçado.

Eu vou ficar bem, decide Reiko.

Assim como ela, do fundo do coração, tinha certeza de que havia um sorriso no rosto da caçula, sem dúvida Yukika pôde ver, com o coração, o sorriso de Reiko mesmo em plena escuridão.

Por fim...

– Que bom... – Reiko ouve a voz doce de Yukika.

Não se sentia mais uma presença de carne e osso ali. O silêncio voltara a reinar. Apenas o ruído da chuva lá fora e o tique-taque do relógio quebravam esse silêncio.

– Yukika...

Reiko não obtém resposta.

Clique-clique-clique...

Então... as luzes se acendem.

Porém, Yukika já não se encontra mais na tal cadeira. Em seu lugar, está sentado o idoso cavalheiro de preto. Impassível, como se dali nunca tivesse se afastado.

– É da mamãe – sussurra Nagare atrás de Reiko. – Recebi hoje cedo este cartão-postal dela.

Dizendo isso, Nagare se vira e entrega a ela o postal manuscrito.

No dia 28 de outubro, às 18h47, uma jovem chamada Yukika Nunokawa vai aparecer no café. Faça com que a irmã dela, Reiko, espere por ela. Peça os detalhes à dra. Muraoka.

Yukari, 28 de julho

A data parece ser imediatamente após a chegada de Yukari aos Estados Unidos. No carimbo dos correios consta WEST HARTFORD CT. Localizado na parte central do condado de Hartford, estado de Connecticut, EUA, o distrito de West Hartford possui muitas residências de alto luxo. Yukari provavelmente enviou o cartão-postal de onde procurava pelo pai desaparecido do rapaz que visitara o café.

O olhar de Reiko sai do cartão-postal e vai para Saki. *O que significa isso?*, sua expressão facial questiona.

Saki solta um leve suspiro.

– Para ser sincera, na época eu me espantei quando sua irmã me falou que iria ao futuro.

– Vou deixar a seu critério, doutora. Mas se passados três meses da minha morte a minha irmã tiver terminado com o Mamoru, eu gostaria que você chamasse ela aqui.

O café está fechado. Yukika encurva o corpo abaixando bem a cabeça.

Até mesmo a dra. Saki fica pouco à vontade com o pedido repentino, mas diante da expressão firme e determinada de Yukika, não pode deixar de concordar com um gesto de cabeça. Observando de lado, essa expressão apenas parece convencê-la de que Yukika viajaria ao futuro.

No entanto, Saki tem suas preocupações.

– Se é seu desejo... Farei como você me pede, mas vocês conseguirão se encontrar de verdade?

Por ser uma cliente habitual do café, Saki conhece bem as regras. Mesmo Yukika indo ao futuro, um encontro será inviável se Reiko não estiver no café. Além do mais, Saki não tem como prever o estado mental de Reiko após o falecimento da irmã. Era preciso considerar todas as possibilidades, e uma delas, a pior na verdade, era a de Reiko cometer suicídio logo após a partida de Yukika.

– Se me permite uma opinião – começa a dra. Saki. – Você deveria se abrir com ela sobre a sua doença, Yukika, e fazê-la se conscientizar de que *ela* também está doente...

Esse era o ponto de vista sensato de Saki como psiquiatra.

Se Yukika não soubesse da existência do café, sequer aventaria a possibilidade de ir ao futuro. Além disso, se Yukika contasse logo tudo a Reiko, talvez a saúde mental dela não se deteriorasse tanto como a doutora temia. Saki conhece muitas pessoas que superaram o infortúnio da morte de um ente querido e foram capazes de levar a vida adiante. Portanto, ao invés de apostar todas as fichas na esperança de cura, seria mais racional e honesto com a irmã que Reiko caísse na real. Afinal, as chances eram mínimas. Esse estado de preocupação, de não saber ao certo o que estava acontecendo com a saúde da irmã, vinha minando e corroendo a saúde de Reiko.

Yukika pressentiu que Saki diria isso, pois a expressão de seu rosto não se altera e ela apenas aquiesce com um leve gesto da cabeça.

– Eu sei disso – sussurra, replicando logo depois. – Sei que é egoísmo meu e, de fato, pensando no bem-estar dela, o que a doutora diz talvez seja realmente o melhor. Porém, não desejo ver minha irmã triste ao ouvir que minhas chances são mínimas. Quero contemplar aquele rosto sorridente o máximo de tempo possível. Sinto muito, mas não quero revelar a ela quão grave é a minha enfermidade. Tampouco vou suportar que ela seja infeliz devido à minha morte. Por isso, doutora, se a Reiko se separar do Mamoru, peço que você faça com que nos encontremos no futuro. Eu precisarei consertar as coisas. Ainda não sei de que forma, mas vou dar um jeito!

Saki não tinha palavras para reagir ao desejo de Yukika.

– Por que não a deixar ir? – intervém Yukari. – Yukika, você está ciente, não? Viu, ela sabe bem como ficará o estado de espírito da Reiko quando ela morrer. Elas são irmãs, se conhecem profundamente! Então, só mesmo você, Yukika, sabe com certeza o que precisa ser feito, correto? Não acha?

– Acho – concorda Yukika com veemência.

– Entendi... Mas desde já aviso que não me responsabilizo – Saki conclui resignada.

Porém, Yukika sabe que, caso sua viagem para o futuro não obtenha o desfecho esperado, mesmo que se empenhe de corpo e alma, ainda assim haverá a dra. Saki, que não poupará esforços para tratar de Reiko. Yukika está convicta disso. Por isso, ela faz uma leve reverência.

– Obrigada.

– Então, podemos ir em frente?

Yukari pega o bule prateado.

– Sim.

– Antes que o café esfrie...

– E mais... Como eu poderia me opor? – sussurra Saki meio que se desculpando. – Nesse caso... pouco importa o quanto você tenha que sofrer... – afirma fitando Reiko com olhos marejados. – Para alcançar a redenção.

Para Saki, representa certamente uma "escolha de Sofia". Se ela não fosse médica psiquiátrica, talvez não hesitasse tanto.

Com peso na consciência, Saki põe na balança o "desejo" de Yukika e a "condição de saúde" de Reiko. Suas lágrimas pedem perdão por ter, no final das contas, priorizado o "desejo" de Yukika ao sofrimento da irmã. Saki merecia ser culpabilizada por Reiko. Porém, Reiko se mostra gentil com ela.

– Foi melhor assim. Afinal, eu pude ver uma última vez o rosto sorridente de minha querida irmã caçula e...

Lágrimas espessas também escorrem de olhos repletos de vitalidade. O olhar desfocado e vazio dos últimos meses desaparecera. Seus olhos estão cheios de esperança e ela está totalmente decidida sobre como conduzirá sua vida a partir de agora.

A chuva havia cessado. Do lado de fora, estrelas começavam a despontar.

Reiko faz uma reverência cortês com a cabeça para Saki e Nagare e vai em direção à saída do café.

DA–DING–DONG

O som da campainha reverbera com suavidade.

– Será que ela vai ficar direitinho? – Acompanhando Reiko com o olhar, Nagare diz baixinho.

– Bem, talvez ela não fique boa de imediato – afirma Saki, transferindo o olhar para fora da janela. – A bem da verdade, a partida de Yukika é uma realidade imutável. Por isso, com certeza a tristeza e a solidão de Reiko jamais desaparecerão por completo.

– Você tem razão – diz Nagare soltando um longo suspiro.

Saki, com um movimento de cabeça, indica exatamente aquilo que Nagare teme. Porém, suas palavras não são de pessimismo.

– No final das contas, a promessa feita por Reiko a Yukika trouxe luz à completa escuridão em que ela até ontem se encontrava. O fato de Yukika ter morrido não vai se alterar, já o futuro de Reiko... vamos torcer!

A luz trazida por Yukika é como um farol conduzindo Reiko rumo à felicidade. E essa mesma luz também levará à felicidade de Yukika. Isso porque a felicidade de uma é também a felicidade da outra.

– Realmente... é assim mesmo que a vida funciona – aquiesce Nagare ao recordar de Kei, sua esposa.

Desde o nascimento, Kei tinha uma saúde frágil. Ao engravidar de Miki, o médico lhe informou que ela corria sério risco de vida se levasse a gestação a termo. O parto, ao que tudo indicava, a conduziria a uma morte precoce. Embora tenha evitado expressá-lo com todas as letras, Nagare considerou a possibilidade de um aborto.

Logicamente, Kei também teve seus momentos de dúvida. Contudo, determinada a ter o bebê, ela não temia a morte. Porém, como mãe, Kei apenas colocaria seu bebê no mundo. Não poderia estar ao lado da filha nos momentos de solidão e tristeza que certamente viriam. Não poderia ouvir suas angústias e abraçá-la. Tudo que ela mais desejava era a felicidade da filha. Todavia, quanto mais ansiava por isso, mais se afligia. E sentia medo. Seu corpo chegara a um limite tal que, caso fosse ultrapassado, colocaria em risco também a vida da criança que ela carregava dentro de si.

No dia em que, já sem qualquer outra opção, decidiu se internar para de alguma forma poder apenas ter o bebê com segurança, diante de seus olhos a tal cadeira estava desocupada. Era como se o móvel respondesse aos apelos de seu coração.

Desde o estabelecimento do café, ela era conhecida como "a cadeira da viagem ao passado", mas, na realidade, permitia também se deslocar para o futuro. Na prática, porém, não havia ninguém interessado em viajar para o futuro. Mesmo indo na data desejada, era pra lá de complicado concatenar o encontro.

Além do mais, o tempo até o café esfriar é breve. E mesmo havendo a promessa de um encontro nesse dia específico, não se pode descartar a possibilidade da pessoa se atrasar, nem que por alguns minutos, devido a um imprevisto qualquer. A probabilidade de um encontro é razoavelmente baixa.

O período de deslocamento de Yukika para se encontrar com Reiko é de cerca de quatro meses. Com a ajuda dos amigos ao redor, talvez não fosse difícil ajustar um horário em que Reiko estivesse com certeza no café.

No caso de Kei, o horário e a data definidos para o encontro com Miki foi às 15h, dez anos no futuro. Mas algo deu errado. Parece que houve uma confusão, e dez anos e 15h se transformaram em quinze anos e 10h. Erros fortuitos acontecem. Isso tornava ainda mais imprevisível o encontro no futuro.

Mesmo assim, Nagare conseguira fazer com que Kei encontrasse Miki sem maiores problemas, apenas avisando a ela por telefone do engano: "Quando você voltou do futuro, a gente ficou sabendo disso, mas agora estamos em Hokkaido por motivos inevitáveis que não posso explicar porque não daria tempo. A garota na sua frente é a nossa filha. Você não tem muito tempo sobrando, então apenas fique olhando a nossa filha toda crescida e saudável e depois volte para casa."

Você me deu a minha vida e isso me deixa tão feliz...

Essas palavras de Miki representaram um enorme suporte emocional para Kei, que sempre se culpara por não poder fazer nada além de dar à luz a filha. Se continuasse angustiada, talvez Kei não tivesse resistência física suficiente e chegaria ao limite pouco antes do parto.

Muito obrigada por ter me gerado. Muito mesmo.

As palavras de Miki deram a Kei uma energia denominada "ESPERANÇA".

Há uma força inata no ser humano capaz de fazê-lo superar qualquer tipo de adversidade. É uma energia comum a todos e em igual medida, mas por vezes sua potência acaba sendo drenada pela torneira da "angústia". Quanto maior a angústia, mais fraco você estará para girar e abrir essa torneira. A força aumenta com a "esperança". Ela constitui o poder de se acreditar no futuro.

As palavras de Miki insuflaram em Kei esse poder. Só que após o parto, verdade seja dita, ela ficara extremamente debilitada, mas como nunca havia perdido a esperança, tampouco deixado de sorrir, vencera o período de gravidez, conseguindo seu grande objetivo na vida que era dar à luz a filha.

Da mesma forma, Reiko recebeu de Yukika aquilo a que se pode chamar de "esperança de vida". Isso a fez perceber que ser feliz também significava fazer sua irmã feliz.

Quando Saki já deixava o café depois de pagar a conta, Reiji e Nanako retornavam juntos. Ele terminara de apresentar seu esquete de comédia na rua e ela fora buscá-lo levando um guarda-chuva. Reiji ainda pretendia ajudar nas tarefas de fechamento do café, mesmo com boa parte do trabalho já concluído, e Nanako havia voltado também para pegar a bolsa que deixara no café.

– Que coisa mais linda – sussurra Nanako. Ela ergue os olhos para o céu estrelado. Devido à chuva de até pouco antes, o clima está agradável. Em dias assim, o visual noturno do cume do Monte Hakodate é sem dúvida esplendoroso.

Várias histórias costumam ser contadas sobre esse panorama.

Uma delas está relacionada à crença de que "se você propuser casamento enquanto contempla o pico do Monte Hakodate... na certa acabará se separando". Histórias como essa, oriundas da tradição popular, existem em cada região do Japão. Em Tóquio, por exemplo, reza a lenda que se um casal fizer um passeio de barco pelo famoso lago do Parque Inokashira, o relacionamento não durará muito. Na Província de Miyagi, um casal de namorados que atravesse a Ponte Fukuura, em Matsushima, estará fadado a terminar. Outras lendas urbanas incluem santuários que, quando visitados por um casal, levam à separação, como o Santuário xintoísta Tsurugaoka Hachimangu, na cidade de Kamakura, em Kanagawa – devido ao rancor da concubina Lady Shizuka Gozen por ter seu relacionamento com o amado jovem líder militar Minamoto no Yoshitsune destruído pelo general Minamoto no Yoritomo, irmão mais velho de Yoshitune, de acordo com uma antiga teoria, ou pelos profundos ciúmes de Hojo Masako, esposa do general, em outra das diversas versões existentes. O Monte Hakodate também se enquadra nessas características, provavelmente por se tratar de um ponto turístico.

Outra lenda versa sobre a existência de corações escondidos em meio à topografia do Monte Hakodate – ao se olhar lá para o alto, é possível distinguir corações na paisagem. Diversas versões da história foram registradas, entre tantas há as que mencionam que "a felicidade lhe sorrirá se encontrar três corações" ou "encontre um e faça um pedido; você será atendido". No entanto, ninguém sabe dizer de onde surgiram tais histórias.

Por terem nascido na região, Reiji e Nanako devem conhecer as lendas sobre o Monte Hakodate, mas Reiji não parece interessado em admirar as paisagens da cidade ou mesmo contemplar o céu noturno. Ao invés de andar ao lado de Nanako, caminha um pouquinho à frente dela.

Como o Donna Donna está localizado numa ladeira, na encosta do Hakodate, é possível ter uma visão deslumbrante das luzes da cidade, embora não tão bela, claro, como lá do alto do monte. Para um casal de namorados, ir ao café pode ser também um passeio tão romântico...

Porém, a conversa dos dois gira em torno de Reiji ter realmente decorado as 100 perguntas. Não há um vestígio sequer de romantismo.

– Então, a 35?

– Devolver ou não algo que pegou emprestado.

– E a 51?

– Embolsar ou não os dez milhões recebidos por ter acertado na loteria.

– Pergunta número... 95.

– Realizar ou não a cerimônia de casamento.

– Realmente você memorizou todas.

– Não é grande coisa.

– É fantástico!

– É que nem decorar esquetes de comédia.

– Que acha de levar a sério a universidade?

Nanako pretende com isso sugerir que ele poderia obter boas notas. Por terem estudado juntos, ela sabe que ele sempre foi um excelente aluno no ensino médio. Ela insinua que ele deveria postergar suas aspirações de se tornar um comediante para depois de se formar.

– Não faz sentido.

– Por quê?

– Se eu for aprovado numa audição, eu me mudo imediatamente para Tóquio. Por isso, quero trabalhar pesado pra juntar grana ao máximo.

Ouvindo a resposta de Reiji, a animação de Nanako esfria um pouco.

O Donna Donna já está bem próximo.

– Reiji – Nanako o chama, interrompendo a caminhada.

Ela sente a agradável brisa noturna nas bochechas.

– Hum? – Ao ser chamado, Reiji se vira.

O batom novo de Nanako reluz em meio às luzes da cidade e às folhagens outonais flamejantes.

Reiji sente, pela segunda vez hoje, uma coisa estranha assomar seu peito.

– Sabe...

Blin-blon.

Nanako está prestes a dizer algo quando é interrompida.

O celular de Reiji toca. É o som de notificação de chegada de uma nova mensagem de texto. Porém, Reiji não pega o aparelho. Com o coração agitado, ele está mais interessado no que Nanako vai falar.

– O quê?

– Ah, depois eu falo – diz, sugerindo que ele deve checar o celular. O que ela tem para dizer pode esperar.

Não é a primeira vez que Nanako é interrompida bem na hora em que ia lhe dizer algo. Voltam à estaca zero, salvo pela agitação no peito de Reiji.

Ele tira o celular do bolso e abre a caixa de entrada. Enquanto lê a mensagem, Nanako contempla as luzes da cidade de Hakodate abaixo. Aqui e ali a luminosidade das folhagens outonais vai desaparecendo. Só agora Nanako percebe o *crin-crin-crin* do estridular sereno dos *suzumushi*, os grilos de sino. O ruído abafado soa solitário.

É mesmo o som produzido pelos suzumushi*?*

Enquanto Nanako pensa nisso, ouve Reiji exclamar "Não brinca?!".

Foi a vez do coração dela se agitar como se assaltado por um presságio.

– O que houve? – Ela permanece imóvel, mas a pergunta é feita olhando diretamente para Reiji, que se encontra afastado alguns metros.

– Eu consegui!!! – Reiji está radiante.

– Conseguiu o quê?

– Passei na audição!!!

Ele tem os olhos arregalados como se custasse a acreditar.

– Fui aprovado, vou para Tóquio! – exclama dando um salto de felicidade enquanto soca o ar. Então, diz algo incompreensível a Nanako e sai correndo na direção do café.

Nanako não se lembra bem de nada que aconteceu depois. A não ser do *crin-crin-crin* do estridular dos *suzumushi* e de ter esquecido de dar os parabéns a Reiji.

O RAPAZ

A primeira neve do ano em Hakodate ocorreu em 13 de novembro, com cerca de dez dias de atraso em comparação à época normal.

A neve caindo em flocos é comumente chamada de "flores de vento".

Fiel a tal denominação, e ao sabor da brisa, a neve caía como pétalas.

É possível também admirar, através da janela do café, essa paisagem de vívida beleza, com o céu azul e as folhagens rubras revestidas pela alvura da neve.

DA-DING-DONG

A campainha toca e Reiko Nunokawa adentra o Donna Donna.

Até o mês passado, Reiko não aceitava a morte da irmã mais nova e por um tempo padeceu com uma terrível insônia e forte instabilidade emocional. Porém, seus sintomas melhoraram depois da irmã vir do passado e Reiko prometer a ela "viver uma vida feliz". Ela agora aparece com o rosto corado, puxando uma mala de viagem com rodinhas.

– Olá, bem-vinda.

É Sachi Tokita quem a cumprimenta. Ela adora ler e é capaz de passar os dias de folga devorando três ou mais livros simultaneamente. Gosta de vários gêneros e até lê algumas obras de difícil compreensão mesmo para um adulto. Durante as férias de verão leu por prazer títulos sobre o espaço sideral e filosofia. Agora está concentrada em thrillers de autores estrangeiros e livros de economia.

Ela não desgruda do *O que você faria hoje se o mundo acabasse amanhã?: 100 perguntas*. Ele foi trazido por Reiji Ono, que trabalha em jornada de meio período no café. É um best-seller com mais de dois milhões de exemplares vendidos até o momento.

O teor é o indicado no título. Tendo como premissa que o mundo vai acabar no dia seguinte, há 100 perguntas com duas opções de resposta. Nos últimos meses, Sachi se diverte fazendo as perguntas do livro aos clientes que visitam o café.

Sachi está sentada, sozinha, ao balcão.

Reiko escaneia o ambiente e inclina a cabeça em sinal de surpresa. Em um dia útil como hoje, mesmo depois de terminado o horário de almoço, não era comum o café ficar praticamente às moscas. Porém, não apenas a ausência de clientes... Kazu não se encontrava trabalhando atrás do balcão, tampouco Nagare Tokita, que substituía a proprietária, e nem mesmo Reiji.

– Cadê todo mundo, Sachi? – Arrastando a mala, Reiko se aproxima da menina ao balcão.

– Bem... – começa Sachi, revirando os olhos.

– Onde está sua mãe?

– Saiu para fazer compras.

– E o Nagare?

– O tio está lá embaixo numa ligação. – Ela aponta para o andar de baixo, o espaço que serve de moradia.

– E Reiji?

– Tóquio.

– Tóquio?

– Ele foi aprovado numa audição.

Reiko ouvira com frequência da irmã Yukika que Reiji almejava se tornar comediante, e ela própria lera algumas vezes o material com os esquetes dele. Ela nunca achou graça das piadas que ele apresentava. Segundo explicou certa vez Yukika, "o humor está justamente na falta de humor", algo incompreensível para ela. Reiko sempre sorria de um jeito carinhoso quando precisava lidar com a situação. Por isso, suas emoções estavam confusas ao tomar conhecimento de que o rapaz havia sido aprovado numa audição e partira para Tóquio.

– Ah, não me diga...

Reiko prefere não perguntar mais nada sobre Reiji e apenas se senta ao lado de Sachi. Ela não saberia o que dizer se, em meio à conversa, a menina lhe perguntasse se achava as piadas do rapaz engraçadas. Por vezes, as crianças lançam perguntas surpreendentes e constrangedoras. Ela estaria em maus lençóis se fosse sincera e mais tarde isso acabasse indo parar nos ouvidos dele em forma distorcida de fofoca. Melhor prevenir do que remediar.

– Até onde você avançou?

– Concluí todas as perguntas.

– Todas? Que incrível!

– Sim.

Em boa parte devido aos efeitos causados pela insônia, as memórias de Reiko anteriores ao seu encontro com Yukika, que viera do passado, não são confiáveis, como se estivessem envoltas em uma espessa névoa. Mesmo assim, ela se lembra de Sachi se deleitando com o livro juntamente com a dra. Saki Muraoka e Nanako Matsubara.

– E foi divertido?

– Muito!

– Eu também queria ter brincado – declara com sinceridade. Naquela época, ela não estava em condição de demonstrar interesse por coisas do gênero.

– Quer tentar?! – pergunta Sachi toda entusiasmada. Ela ignora que até há pouco tempo Reiko sofria de transtorno de ansiedade generalizada e era incapaz de aceitar a morte da irmã mais nova. Por isso, para Sachi, Reiko não passa de uma cliente habitual.

– Quero, manda ver. Pode ser só uma? – Reiko responde dessa forma, mostrando-se meio preocupada com o relógio. O horário de seu voo se aproxima, mas ainda há tempo para criar uma memória feliz que fique de recordação.

– Pode ser qualquer uma?

– Deixo a seu critério.

– Tá bom.

Sachi folheia as páginas alegremente.

– Então vai ser... esta aqui!

– Ok.

– Preparada?

– Por favor.

Sachi lê em voz alta:

"O que você faria hoje se o mundo acabasse amanhã?: 100 perguntas.

Pergunta nº 24.

Há um homem ou uma mulher que você ama.

O que você faria hoje se o mundo acabasse amanhã?

1. Eu pediria em casamento.
2. Como de nada adiantaria, eu não pediria."

Sachi já havia feito a mesma pergunta várias vezes, inclusive a Nanako, mas Reiko a ouvia pela primeira vez.

– Então, qual você escolhe? – Os olhos cintilantes de Sachi se dirigem a Reiko.

Reiko não consegue esconder sua hesitação. Se Yukika não tivesse vindo se encontrar com ela naquele dia, sem dúvida ela escolheria a 2. Porém, a Reiko de agora é outra.

– Creio que a opção número 1 – responde, percebendo haver dentro dela um claro motivo para a escolha.

– Por quê?

Reiko finge pensar um pouco.

– Minha irmã ficaria enfurecida se eu deixasse de ser feliz, mesmo que por um único dia – responde, alegre.

Nesse momento, ela visualiza mentalmente a figura de Yukika de braços cruzados assentindo condescendente, como se dissesse "boa, é isso aí, irmã". Yukika vive dentro do coração de Reiko.

– Entendi. – Sachi também aquiesce, satisfeita.

Ouve-se o ruído dos passos de Nagare subindo a escada de madeira.

– Reiko, olá!

– Olá.

– O que houve?

Nagare dá a volta por trás de Reiko e Sachi e segue em direção ao balcão.

– Achei que vindo aqui poderia me despedir da doutora…

– Saki?

– Isso.

– Ué. Não encontrou? Ela estava aqui até há pouco e… – Nagare inclina a cabeça olhando para o assento onde agora Reiko se encontra.

– Sachi, cadê a doutora?

– Não sei… – responde a menina, com o rosto, sabe-se lá por quê, enigmaticamente escondido no livro.

– Que estranho!

Sobre o balcão, repousa o suco de laranja de Sachi e um café pela metade. Não há dúvidas de que Saki estava ali até pouco antes. Sachi escondia algo.

– Sachi! – Nagare olha para a menina, intensificando o tom da voz como se a interrogasse. Sachi parece acuada, os ombros estão encolhidos.

– Ah, não tem problema.

– Mas...

– É sério. – Reiko defende Sachi, sorrindo. Talvez ela também tivesse percebido o café pela metade. Mesmo que Sachi soubesse de algo, não havia motivo para pressioná-la.

Reiko olha de soslaio para Nagare, que suspira levemente. Permanecendo sentada, gira o corpo no banco para poder ver a tal cadeira onde o idoso cavalheiro está sentado. Ela revive as lembranças do dia em que reencontrou Yukika.

– Ainda hoje eu custo a acreditar – sussurra como se para ela mesma. – E pensar que ela veio me ver...

Era compreensível. Mesmo conhecendo as regras do café, para Reiko era inimaginável, surreal até, que a falecida irmã tivesse vindo se encontrar com ela. Mesmo Nagare se espantaria caso Kei, sua falecida esposa, surgisse do nada diante dele.

– Mas, graças a ela, eu decidi deixar este lugar – explica Reiko fazendo o olhar recair sobre a mala de viagem.

Depois de seu reencontro com Yukika, Reiko e Mamoru se acertaram. Não se tratava exatamente de uma reconciliação, uma vez que somente Reiko dera o relacionamento como terminado. Mamoru apenas se distanciou por um tempo por recomendação da dra. Saki.

Nagare faz uma reverência com a cabeça, felicitando-a. Ele ouvira de Saki que, logo depois da reconciliação, o casal apresentara a papelada oficializando o casamento.

– Meus parabéns.

Kazu está de volta. Conforme Sachi dissera, ela parecia ter ido às compras, pois carregava duas sacolas cheias.

– Oi, mãe. – Sachi corre até ela.

– Ufa, cheguei. Pode me ajudar com isso? – pergunta, entregando uma das sacolas à filha. Nela há víveres e mantimentos necessários ao dia a dia da família. Com o olhar, Kazu orienta Sachi a levar a sacola para o andar de baixo.

– Pode deixar, mamãe. – Toda animada, vai ligeiro para baixo.

Ela escapuliu bem, pensa Nagare, bufando.

Kazu percebe a mala de viagem aos pés de Reiko.

– Ah, é hoje, não?

Ela sabe que o casamento de Reiko e Mamoru representara uma oportunidade para o casal deixar Hakodate.

– É hoje.

– Para onde mesmo vocês vão?

– Tokushima.

Kazu entrega a Nagare, por cima do balcão, a sacola de compras com os artigos para uso no Donna Donna.

– O udon de Tokushima é famoso, né? – Pegando a sacola, Nagare comenta sobre o macarrão típico.

– Bastante.

– É um ótimo lugar.

– Foi onde o meu marido nasceu.

Nagare aperta o olhar ao observar Reiko ainda pouco à vontade ao se referir a Mamoru como "meu marido".

Isso é maravilhoso.

A mudança no coração de Reiko se expressa em cada palavra. Nagare se emociona ao constatar essa transformação, pois ele havia convivido com uma Reiko com ares de sonâmbula até Yukika vir do passado.

Kazu checa o relógio.

– É daqui a pouco? – pergunta se referindo ao horário do voo.

– Sim.

– Vamos sentir sua falta.

Apesar do relacionamento de Reiko com Kazu e os demais ter durado alguns poucos meses, Kazu não fala apenas por educação, está sendo sincera. Na época em que evitava ao máximo se relacionar com outras pessoas, ela provavelmente não teria se expressado dessa forma. Porém, nos últimos quinze anos, além de ter se tornado mãe, várias mudanças ocorreram no seu coração. Nagare sente que as palavras de Kazu exprimem essas mudanças.

Isso é realmente ótimo, pensa. Ele se dá conta de que mesmo quando a situação está difícil, um pequeno evento pode conduzir à recuperação de uma pessoa.

Reiko, de súbito, se levanta do banco no balcão.

– Agradeço a todos, de coração – declara abaixando bem a cabeça.

– Imagina. – Kazu sorri meio sem jeito por sentir que ela própria não fizera nada de especial.

– Se tiver alguma mensagem para a doutora, eu posso transmitir – oferece Nagare, preocupado com o fato de Reiko não ter podido se despedir da amiga.

Reiko reflete por um breve momento.

– Sendo assim, posso pedir?

– Claro.

Nagare apruma as costas endireitando a postura. Era sua forma de mostrar que se responsabilizaria em transmitir a mensagem.

Reiko não olha para Nagare, mas na direção da cozinha atrás dele.

– Eu também serei feliz – declara com todas as letras. – Diga isso a ela, por favor – acrescenta.

– Também?

Por um instante, Nagare não compreende a quem Reiko se referia com esse "também". Mas fica claro ao ouvir o que ela diz em seguida.

– Me mostraram que a minha felicidade também é a da minha irmã.

Reiko pretendia com isso afirmar que seria feliz juntamente com Yukika, a falecida irmã caçula.

– Ah, entendi – sussurra Nagare, os olhos já praticamente fechados.

Kazu também sorri com serenidade.

– Bem, agora preciso ir…

Muito cortês, Reiko abaixa a cabeça e, com um ar relutante, deixa o café.

DA–DING–DONG... DA–DING

A campainha ecoa, solitária, por um longo tempo.

– Onde você estava? Por que você não quis se despedir? – pergunta Nagare se dirigindo à cozinha depois de confirmar a partida de Reiko.

– Não sou boa com despedidas… – declara Saki.

– Mas…

– Se quisermos nos encontrar, oportunidades não faltarão – afirma, abaixando ligeiramente os olhos. Então, retorna para o banco no balcão onde se encontrava antes da chegada de Reiko e pega a xícara ainda com um pouco de café.

Evidentemente, Saki evitou Reiko não por não gostar dela. Mais do que qualquer outra pessoa, ela andava entristecida por saber que a amiga iria embora de Hakodate. Reiko avisara que era uma decisão pessoal e sem volta. Saki desejava se despedir dela estampando um sorriso, mas se deu conta de que não conseguiria e acabou se escondendo na cozinha.

Ela sorve ruidosamente o café frio.

– A propósito, como vai a Miki? – pergunta, mudando intencionalmente de assunto. A atmosfera melancólica que se instaurava depois de uma despedida não a agradava nem um pouco.

Miki é a filha de Nagare.

– Ah... – Os olhos estreitos de Nagare se arregalam.

– Vocês andam se falando por telefone?

Kazu, de volta após guardar no refrigerador os alimentos que serão usados ali no café, encara Nagare.

– Ah, é... nós... sim.

Gotas de suor surgem em profusão na testa dele.

– Aconteceu alguma coisa com ela? – Kazu pergunta preocupada e Nagare começa a resmungar algo.

– Ah, não, é que... A Mi... A Miki...

Com a respiração entrecortada é difícil ouvir o que ele balbucia.

– Hein? O quê? – Saki leva a mão em concha ao ouvido.

– Ela tem um... namorado.

– Namorado?

– A Miki anunciou que está namorando.

Ao ouvir Nagare, que tentava botar as palavras pra fora movendo a sobrancelha direita como um personagem de mangá, Kazu e Saki se entreolham. Saki solta uma gargalhada involuntária.

– Isso é para comemorar, não acha?

– Não vejo motivo algum para comemoração de nada!

Saki segura a barriga de tanto rir com a resposta exaltada de Nagare.

– Que idade mesmo a Miki tem?

– Já vai fazer quinze.

– Já? E o garoto estuda na mesma escola?

– N-não perguntei.

– Qual dos dois tomou a iniciativa?

– Não faço ideia.

– Ele é bonitão?

– Beleza não põe mesa, correto?

– E precisa ficar tão zangado assim?

– Não estou zangado.

– Seja como for, a Miki mandou bem. Foi só o pai se ausentar que ela tratou logo de arranjar um namoradinho…

Saki visivelmente se diverte tirando sarro de Nagare. Por sua vez, Nagare já está com o rosto vermelho.

– A-acho que vou ligar mais uma vez para ela – declara e desce a passos pesados a escada.

No telefonema dado mais cedo, ele pensou com seus botões e decidiu desempenhar o papel do pai compreensivo e liberal, sem entrar em detalhes. No entanto, ao ouvir Saki afirmar que *Foi só o pai se ausentar que ela tratou logo de arranjar um namoradinho*, rapidamente todo o seu liberalismo se transformou em apreensão.

– Rá-rá-rá. Nagare tem um lado tão fofo…

Saki não está zombando dele. Ela o inveja por demonstrar de forma transparente e genuína suas alegrias e tristezas em relação à família e aos amigos íntimos. No caso de Reiko, Saki poderia ter derramado lágrimas sinceras em sua derradeira despedida sem precisar conter sua tristeza. Mas ela se conhecia bem o bastante para saber que não conseguiria se expor. Por trás de sua afirmação de que Nagare *tem um lado tão fofo* se esconde na realidade seu desejo de ser como ele. Ao expressar em palavras, ela percebeu.

Por isso, suspirando, ela balbucia "que inveja!".

– Com certeza – concorda Kazu num sussurro.

Gong.

O relógio soa breve, indicando 14h30.

– A propósito, não é hoje que o Reiji volta?

No dia seguinte à notícia da aprovação na audição, Reiji partira para Tóquio para assinar o contrato com a agência de talentos e procurar moradia. Ele não demonstrou qualquer sinal de hesitação em suas ações. Em seus olhos somente se refletia seu sonho sendo realizado.

– É.

– Ele já sabe? Sobre a Nanako...

– Provavelmente não.

Logo após a partida de Reiji, Nanako revelou a Kazu e aos demais que sofria há alguns anos de uma doença chamada anemia aplástica congênita. Por pura coincidência, justo naquele momento, fora encontrado um doador e ela precisaria viajar com urgência para os Estados Unidos.

– Se ela não revelou... Não teria como ele saber, né?

Saki pega o *100 perguntas* esquecido por Sachi e abre numa página qualquer.

"O que você faria hoje se o mundo acabasse amanhã?: 100 perguntas.

Pergunta nº 87.

Você descobriu que tem um filho e ele acabou de completar 10 anos de idade.

O que você faria hoje se o mundo acabasse amanhã?

1. Ficaria calado, pois mesmo revelando ele não entenderia direito.

2. Abriria o jogo para não se arrepender e se sentir culpado por não ter contado a verdade."

Nanako já havia respondido essa. Ela escolhera a opção 1 por não desejar apavorar a criança sem necessidade. Porém, ao ser questionada por Saki *Então, e se você, Nanako, tivesse 10 anos e...? Você ia querer saber a verdade? Ou não?*, ela respondeu que "talvez eu desejasse saber". Ao ser apontada uma óbvia contradição, Saki acabou convencida pelo motivo oferecido por Nanako: "Veja... Eu própria ia querer saber, mas não gostaria de contar para o meu filho... Eu aguentaria sofrer as consequências, mas não desejo ver meu filho triste. Deve ser por isso."

Saki reflete olhando para a página: *O argumento de Nanako demonstra sua empatia pelo próximo*. Por outro lado, da posição de uma médica psiquiatra, ela também pensa: *Nanako é do tipo que considera demais o que o outro sente e acaba suprimindo seu próprio sentimento*.

– Entendo a posição da Nanako de não querer atrapalhar o Reiji, que está em busca de um grande sonho, mas não sei até que ponto ele ficará incomodado com...

Ao afirmar isso, Saki imagina que Reiji jamais perdoará Nanako por ela não ter lhe contado.

Saki sabe, e provavelmente Kazu também, que os dois se amam. Eles apenas ainda não perceberam que o sentimento é mútuo para deixar que aflore.

– Explicar a ele sobre a doença dela é algo que nós mesmos podemos fazer... – sussurra Saki e fecha o livro.

– De fato – concorda Kazu, observando fixamente através da janela.

Do lado de fora as "flores de vento" bailam graciosamente.

Nessa noite...

– Hein?! – Reiji exclama baixinho. Ele acabou de entrar e está de pé, próximo à porta do Donna Donna, carregando uma sacola de papel cheia de suvenires.

Já com o café fechado, Nagare, Kazu, Sachi e Saki aguardavam sua volta.

– Anemia aplástica congênita? – Reiji repete o nome da doença ao ser informado por Saki.

– Aparentemente, depois de muita procura... encontraram um doador.

– Doador?

O estranho nome de uma doença para ele desconhecida e a palavra "doador" deixam Reiji confuso. Sua mente está travada.

Muita procura?... Há quanto tempo tinha conhecimento da doença? Quer dizer, por que ela se calou sobre algo tão sério?

Sua cabeça não acompanha o teor da explicação.

Com voz calma, Saki explica os pormenores da doença.

– A anemia aplástica congênita é uma doença caracterizada pela diminuição da função de produção de sangue a partir das células-tronco hematopoiéticas com consequente pancitopenia, uma redução de todos os tipos de células sanguíneas. Resumindo, a não produção de sangue novo causa empecilhos ao cotidiano do paciente. No caso de Nanako, por ter desenvolvido a forma leve, não era perceptível às pessoas ao redor. Em casos mais graves, o doente pode sofrer quedas súbitas, fadiga e mal-estar devido à anemia, e as complicações pela falta de tratamento podem levar a óbito.

– Existe cura para essa doença?

– Eu não poderia afirmar categoricamente por não ser minha especialidade, só sei que, mesmo realizando um transplante, a possibilidade de cura total é de cinquenta por cento.

Embora afirmasse não ser especialista, Saki sem dúvida pesquisara sobre a doença em detalhes.

– Cinquenta por cento de chance...

– Veja, mesmo com uma cirurgia bem-sucedida, o corpo do paciente precisa aceitar o órgão transplantado e não se pode descartar a possibilidade de complicações ou mesmo rejeição. Por serem poucos os casos no Japão, há mais chances de êxito em um transplante realizado no exterior.

– Por isso os Estados Unidos?

– Exato.

Os pais de Nanako a acompanharam na viagem. Desde sua partida, Saki e Kazu não haviam recebido notícias. Talvez todos estivessem ocupados demais. Então, naquele momento, ninguém sabia como estava a situação de Nanako.

– Ela devia ter me contado…

– Com certeza ela não quis te deixar preocupado.

– Mas…

– Deve ter sentido que te atrapalharia, não? Você passou na audição e era um momento tão importante para o seu futuro que…

É verdade. Eu estava com a cabeça totalmente voltada para a minha carreira, Reiji se dá conta ao ouvir as palavras de Saki.

Por mais que revirasse suas memórias, não lembrava de ter tido alguma conversa com Nanako desde que recebera a notícia da aprovação. Ele até mandara uma mensagem avisando que iria a Tóquio procurar moradia, mas isso não passara de um mero informe. Estava tão concentrado no que era importante para si que sequer imaginara o que estaria se passando com Nanako ao receber como resposta um "Dê tudo de si". Levando em conta o temperamento de Nanako, ela sem dúvida colocava os próprios problemas em segundo plano.

Sem palavras, Reiji morde com força o lábio inferior. Por algum motivo, surgem duas imagens em sua mente: uma do dia em que Nanako aparecera usando um batom novo. E outra de quando ela, nesse mesmo dia, se deu ao trabalho de ir até os armazéns buscá-lo debaixo de chuva.

Os dois caminharam juntos na volta para o café. Pensando bem, talvez aquela tenha sido a primeira vez que ele se deu conta dos dois estarem juntos sozinhos. Reiji se lembrava vividamente de como o batom novo de Nanako reluzia em meio às luzes da cidade e às inflamadas folhagens outonais.

E agora se lembra de ter sentido uma coisa estranha no peito, uma agitação em seu coração.

Involuntariamente, pega o celular e olha para a tela, mas não há mensagens de Nanako. Ele fica aborrecido.

Kazu, por estar postada ao seu lado, percebe a irritação.

– Nanako me pediu para te entregar isto – informa, estendendo uma carta.

Reiji coloca a sacola em cima de uma mesa próxima e a recebe. Escrita em papel japonês *washi* e com pétalas de cerejeira espalhadas, ele identifica no ato a inconfundível caligrafia de Nanako, organizada quase no formato de um poema.

Querido Reiji,

Parabéns por ter sido aprovado na audição.

Eu não comentei nada até hoje.

Não tenho dúvida de que vai ficar chocado ao tomar conhecimento assim tão de repente.

Sofro há três anos de uma doença chamada anemia aplástica.

Basicamente, sou incapaz de produzir sangue.

Aparentemente, isso implicará vários empecilhos no meu dia a dia.

Se eu não tomar nenhuma providência, claro.

Essa minha condição pode me fazer desenvolver outras doenças e isso seria grave.

Um doador foi encontrado nos Estados Unidos.

Eu vou até lá me submeter a uma cirurgiazinha.

Por sermos amigos de infância, pensei em contar a você.

Eu sei bem que deveria, mas você foi aprovado na audição.

Fiquei sem jeito de falar para não atrapalhar esse momento tão importante da sua vida.

Me perdoe... mas eu nunca serei como a Setsuko.

Ok, isso também não é algo de que eu deva me desculpar. KKK.

Estou com medo da cirurgia, mas farei tudo que estiver ao meu alcance e darei o melhor de mim.

Portanto, por favor não se preocupe comigo.

Ter sido aprovado na audição com aqueles esquetes sem graça foi capricho dos deuses.

Agarre essa oportunidade com unhas e dentes!

Estarei sempre torcendo por você. Sempre!

Nanako

A carta de Nanako treme levemente na mão de Reiji.

– Eu nunca serei como a Setsuko... – Ao terminar de ler, Reiji sussurra apenas essa frase.

Isso é óbvio.

Ele morde o lábio novamente ao ponderar o motivo de Nanako ter escrito aquilo.

Setsuko Yoshioka era amiga de infância e esposa de Todoroki – da dupla de comediantes PORON DORON, vencedora do Grande Prêmio da Comédia. Nanako estava presente também quando Hayashida, o parceiro de Todoroki na dupla, lhe contou sobre Setsuko e todo o apoio incondicional que ela sempre deu a Todoroki.

Inclusive, Todoroki e Reiji tinham muito em comum. Reiji era natural de Hakodate e pretendia ir para Tóquio para se tornar comediante. Reiji também tinha uma ligação com o café e uma boa relação com Yukari Tokita, a proprietária. E, da mesma forma que Todoroki era amigo de infância de Setsuko, Reiji era amigo de infância de Nanako.

Então, o que Nanako quis dizer quando escreveu *Eu nunca serei como a Setsuko*?

Setsuko admirava Todoroki como ser humano e confiava no talento de comediante dele, e se dedicava a lhe prestar total apoio. Ela foi uma parceiraça, a ponto de largar tudo só para acompanhá-lo, por ocasião da mudança para Tóquio. Decidida e com uma autoconfiança lá nas alturas, ela sabia exatamente aonde queria chegar. Como mulher, Nanako admirava a forma descolada e ao mesmo tempo corajosa como Setsuko encarava a vida.

Em contraste, Nanako jamais botara muita fé no talento de Reiji. Ela apenas observava, até com certa indiferença, sua luta como uma mera amiga de infância, pouco se empolgando como torcedora. Nada havia que ela pudesse fazer por Reiji e jamais pensaria em largar tudo e ir junto com ele para Tóquio.

No entanto, por seu temperamento ser basicamente oposto ao de Setsuko, não havia como traçar paralelos. Ao contrário de Todoroki e Setsuko, tremendamente apaixonados um pelo outro, aparentemente Reiji e Nanako se viam apenas como bons e velhos amigos.

Justamente por isso, escrever *Eu nunca serei como a Setsuko* era uma forma de deixar bem claro essa diferença de temperamento.

Contudo... Nanako desejava ser como Setsuko. Se ela não tivesse ouvido a história de Setsuko, talvez tivesse contado com franqueza a Reiji sobre a doença e a viagem para os Estados Unidos.

Porém, ela sabia sobre Setsuko. E a admirava. Comparava sua maneira de viver com a dela, decidida a dedicar a vida ao amado. Ao fazer a comparação, Nanako havia, enfim, percebido seu real sentimento por Reiji.

Por essa razão, naquele dia, ela mudou de batom. Decidira tomar as rédeas e dar um passo adiante no relacionamento dos dois.

Porém…

A vida é por vezes *atropelada* por "momentos ruins", ou melhor, no caso específico, o *timing* não ajudou. E aquele foi exatamente um desses momentos. Justo quando Nanako havia decidido avançar, tomando coragem para expor seus sentimentos, o celular de Reiji tocara. Era a mensagem com a aprovação na audição. Era impossível saber como ficaria a relação dos dois se essa mensagem tivesse chegado uma hora mais tarde, ou até mesmo alguns minutos depois. Mas a verdade é que a notícia da aprovação esfriara a agitação no peito de Reiji e roubara de assalto seu coração naquele dia.

Só é possível afirmar que o *timing* foi péssimo.

Sem confirmar o que os dois sentiam um pelo outro, Reiji foi para Tóquio e Nanako partiu para os Estados Unidos. Havia um oceano entre os dois.

Ainda segurando a carta, Reiji deixa os braços caírem languidamente e, cambaleante, se senta à mesa mais próxima.

Se eu pudesse contatá-la agora, eu desejaria, antes de qualquer coisa, ouvir a voz dela. Se eu pudesse pegar um avião, eu iria agora encontrá-la, mas…

Ignorando a natureza do impulso que o arrebata, Reiji se irrita consigo próprio por estar só e angustiado.

Mesmo indo até onde ela está, o que eu poderia fazer? Mas este não é o momento de ficar assim parado! Ou é? Quantas audições eu tentei e a cada fracasso eu me decepcionei… contudo, mesmo assim eu jamais desisti e a oportunidade enfim bateu à minha porta.

Ele repete para si que é hora de priorizar seu sonho, mas, ao erguer o rosto e a carta entrar em seu campo de visão, o coração vacila.

E se eu nunca mais puder vê-la?

Para se agarrar a um sonho, às vezes é preciso fazer sacrifícios, certo?

Se a Nanako morrer, quanto eu me arrependerei?

Mas, eu já assinei o contrato e até já defini onde vou morar. Não há como voltar atrás.

Por que então estou tão aflito?

Quero ver a Nanako.

O que está me angustiando?

O que é mais importante: ela ou o meu sonho?

Não sei.

O que devo fazer?

Seus pensamentos rodopiam. Reiji cobre o rosto com as mãos e suspira profundamente.

Nesse momento…

– Reiji. – Diante dele, Sachi o chama de volta à Terra.

Há quanto tempo Sachi se encontra ali parada? Ela o observa com seus olhos grandes e arredondados. Ela deve tê-lo chamado por estar preocupada vendo seu estado. Apenas isso.

Porém, para ele é como se ela lhe perguntasse: *O que você faria hoje se o mundo acabasse amanhã?*

Sachi se mantém calada. Mas ela leu essa frase do livro milhares de vezes nos últimos meses.

Se o mundo acabasse amanhã…

Quando Reiji sussurra isso para si, do nada o idoso cavalheiro de preto se levanta.

– Ah…

Reiji presenciara a cena algumas vezes. Ao se levantar, ele ergue ligeiramente o queixo, leva o livro que está lendo ao peito e caminha lentamente para o banheiro. Por motivos óbvios, não produz um rangido sequer no velho assoalho de madeira.

O coração de Reiji acelera.

Ele se recorda de um dia específico, logo que começou no café.

Isso aconteceu numa primavera, quando as cerejeiras estavam em plena floração.

Na época, Reiji estava no penúltimo ano do ensino médio. Ele trabalhava no café apenas aos sábados, domingos e feriados, e só nos horários de maior movimento.

Certo dia, um cliente apareceu declarando que precisava voltar ao passado para corrigir o fracasso que foi seu primeiro encontro romântico. Quando Yukari lhe explicou as regras, ele deu de ombros e, desapontado, foi embora.

– Hum, é verdade que, voltando ao passado, por mais que a gente se esforce, não é possível mudar o presente? – Depois do cliente partir, Reiji, que ouvira as regras, perguntou a Yukari. Na realidade, até aquele dia ninguém explicara a ele em detalhes as regras da viagem no tempo.

– É verdade.

– Se a realidade não muda, aquela cadeira então não tem sentido. De que adianta...?

Reiji havia externado com toda sinceridade sua opinião. De fato, assim que ouviu as regras, o cliente desistiu de voltar ao passado e foi embora.

– Hum, talvez não tenha mesmo sentido, né? – Yukari não contesta. – Porém, há algo que sempre muda, mesmo que a realidade presente não se altere.

– Como assim algo sempre muda... apesar de não mudar? – questiona Reiji. Aquilo parecia confuso e contraditório demais. – O que significa...?

– Por exemplo, digamos que encontre por aí alguém de quem você gosta.

– Ok.

– Essa pessoa é gente fina, inteligente, e todos a consideram a garota mais bonita da escola. Uma gata, como vocês dizem.

– Ok, ok.

– Mas você nunca conversou com ela. Você gostaria de convidá-la para um namorico?

– Como?

– Você gostaria de chamá-la para sair?

De tão inesperada a pergunta, ele não fazia ideia de aonde Yukari queria chegar. Porém, não lhe desagradava esse tipo de especulação. Em primeiro lugar, ele decidiu responder, imaginando a situação descrita por ela.

– Não.

– Por que não?

– Primeiro porque eu nunca conversei com ela e, antes de mais nada, uma garota tão top dificilmente se interessaria por um cara como eu.

– Com certeza.

– Oi?

Reiji continua sem entender o significado de tudo aquilo. Sabe que é uma hipótese apenas. Porém, não tem pé nem cabeça.

Yukari segue em frente, indiferente à perturbação do rapaz.

– Digamos que em determinado momento você ouve uma fofoca de que ela estaria gostando de você.

– Ah…

– Então, o que você faria?

Seu coração se agita um pouco, mas nem assim ele muda de ideia.

– E-eu… não faria nada! Afinal, não é só uma fofoca?

– Porém, alguma coisa dentro de você não mudaria?

– Mudaria…

– Não há algo que agora está diferente de antes?

Estaria ela se referindo a uma certa agitação em seu peito?

– Muito… pouco – responde Reiji de modo ambíguo.

– Você passaria a considerar que tem alguma chance? – Yukari sorri candidamente, como se pudesse enxergar o que vai no coração do rapaz.

– Sim, possivelmente.

– E você não pensa que talvez os dois possam… sair juntos?

– Não, não penso!

– Entendo – assente Yukari, satisfeita. – Agora, digamos que por acaso você escutou com seus próprios ouvidos ela comentar com uma amiga que está gostando de você.

– Se eu escutei…

– Que tal? Mesmo assim você não a convidaria para um encontro?

Imaginar a coisa até que acelera um pouco o coração de Reiji. A conversa segue na exata direção esperada por Yukari. Mas, francamente, Reiji não estava tão ansioso para saber aonde ia dar.

– Bem, mesmo que você não a chame para sair, seu sentimento mudou visivelmente em relação a pouco antes, ou não?

– Sim, é… acho que mudou.

– Mas a sua relação *de fato* com ela, não mudou nada, correto? Ou seja, a realidade é uma só: você não saiu com ela.

Parecia algo lógico. Se a "realidade" a que Yukari se refere significa o encontro dos dois, ela tem razão. Tá tudo na mesma.

– Realmente.

– Então… o que mudou?

– É de sentimento que você está falando?

A agitação no peito de Reiji é real.

– Exato.

– Sei lá… mesmo assim…

Reiji conseguiu entender que, ao contrário da realidade, o sentimento havia mudado. Todavia, havia um senão. *Apesar de agora eu ter captado essa, digamos, sabedoria, ainda assim existe significado em viajar para o passado? Eu continuo achando que não*, pensa Reiji.

Ele faz um beicinho e desdenha como se dissesse algo do tipo *E daí?* Ou *Só por isso?*

– Entendo o que você está pensando. Até porque, na verdade... ninguém viaja para o passado com isso em mente.

Em outras palavras, Yukari argumenta – ou lamenta? – que não se decide por voltar ao passado para mudar sentimentos.

– Atenção, pois o que agora eu vou falar é o mais importante – pede ela. – Mesmo que você descubra que ela gosta de verdade de você, a realidade segue a mesma, concorda?

– Concordo.

– Tampouco o fato de vocês dois nunca terem conversado, nem o distanciamento que existe, nem o fato de nunca terem se relacionado... Tá tudo na mesma, correto?

– Parece que sim.

– Digamos que ela esteja na mesma situação em que você se encontra. Ou que você nem saiba que ela existe. Se ela, assim como você, pensa que por nunca terem conversado você jamais se interessou por ela, existe possibilidade de vocês se relacionarem?

– Provavelmente não. – Reiji parece estar certo disso.

– O que é uma pena, afinal... os dois se gostam. Então, o que é preciso ser feito para os dois ficarem juntos?

– Um deles expor o que sente?

– Correto. E o que é fundamental para que isso aconteça?

– Agir?

– Exatamente.

Yesss!!!

Reiji gesticula o braço com o punho cerrado demonstrando a alegria de ter acertado na mosca, e Yukari também abre um sorriso de satisfação.

– Ninguém se torna um mangaká só porque gosta de mangá, não é mesmo?

Ela está coberta de razão.

– Se fosse fácil assim, qualquer um poderia voltar ao passado. Porém, é este café que escolhe quem vai fazer a viagem. E mediante as regras. Ao ouvi-las, a maioria acaba por desistir. Porém, aqueles que, apesar de tudo, decidem por viajar, têm seu motivo. Seja ele qual for. Mesmo a realidade não mudando, se houver alguém que precisam de verdade encontrar, isso é tudo o que importa.

– Alguém que a pessoa precisa muito encontrar mesmo a realidade não mudando?

Para um adolescente como Reiji, não havia ninguém que ele tanto precisasse encontrar.

– Tem certeza de que não há ninguém que você precise muito encontrar?

– Tenho.

– Ok, o tempo dirá, deixemos isso com ele. Seja como for, ciente das regras, quando você precisar desesperadamente fazer a viagem, creio que entenderá.

– Eu não me imagino fazendo.

– Mas deveria.

– Será que um dia vai acontecer?

– Nunca se sabe.

Nessa vida... nada é por acaso.

A porta do banheiro abre sozinha, sem ruído, e o idoso cavalheiro de preto desaparece como se fosse sugado.

– Quando foi mesmo… – Reiji observa a cadeira deixada vazia pelo homem. – A última vez que ela veio ao café?

O que eu deveria dizer ao encontrá-la?

Ainda há essa incerteza no coração de Reiji. No entanto, desafiando seus sentimentos, seus pés o dirigem para *aquela* cadeira.

– Que eu me lembre… – Nagare olha para Kazu.

– Ela veio às 18h11 do dia 6 de novembro, uma semana atrás. – Kazu indica o horário preciso como se já soubesse exatamente a intenção de Reiji de retornar ao passado. – Ela com certeza estava com a Sachi.

– Entendi. – Reiji se senta lentamente na cadeira.

O que eu direi ao encontrá-la?

Ele é impulsionado pela agitação que tomara conta do seu peito ao ler a carta de Nanako.

Eu quero ter certeza.

Ele cerra os olhos e respira fundo.

– Sachi – Reiji chama a menina postada ao lado de Kazu. – Você poderia me servir o café?

Sachi, com seus olhos grandes e arredondados, encara Kazu à espera de instrução. Por se tratar de Reiji, o olhar da menina suplica "deixa, por favor". Por isso, ao ouvir da mãe "cuide dos preparativos", ela assente sorrindo e vai a passos ligeiros para a cozinha. Nagare a segue. Como sempre, ele a ajudará na preparação.

Reiji jamais imaginou que esse dia chegaria.

Ele estava presente quando a mulher viajou ao passado para ajustar contas com os pais mortos e também quando Todoroki voltou no tempo, apenas observando de um canto, calmamente, as coisas acontecerem. Era como se, a rigor, nada daquilo lhe dissesse respeito. Tipo quando via matérias sobre acidentes e notícias na tevê.

Todavia, agora é diferente. É ele quem está dentro da telinha. É ele quem está sentado na cadeira da viagem no tempo. É ele quem desaparecerá, transformado em vapor. Seu coração parece prestes a explodir. Ao ocupar a cadeira, sente um angustiante aperto no peito. Pensa no sentimento de Todoroki ao ir se encontrar com a falecida esposa. Isso porque, não importa quanto Todoroki se esforçasse, nada poderia mudar a realidade. Ele perdera a mulher que sempre lhe dera apoio incondicional. Deve ter sido duríssimo carregar esse sentimento de perda enquanto se empenhava para vencer o Grande Prêmio da Comédia.

A incerteza volta a brotar no coração de Reiji.

O que eu farei ao encontrá-la? Meu coração está se afogando.

Ele morde o lábio inferior e deixa cair a cabeça. Nesse momento, Sachi, tendo terminado os preparativos, volta da cozinha carregando numa bandeja a xícara e o bule prateado.

Mesmo ela se postando bem ao seu lado, Reiji não se move um milímetro sequer.

O que eu farei ao encontrá-la? Se for para desistir, agora é o momento.

Ele se questiona, e sua insegurança o faz repetir inúmeras vezes.

Afinal, por mais que eu queira, a realidade não mudará...

Chegando a esse ponto, o pessimismo sobrecarrega a atmosfera ao redor.

Nesse momento...

– Ah, eu já ia me esquecendo! – Sachi entrega às pressas a Kazu a bandeja e corre para o andar de baixo.

Sachi?

Todos ali a esperam, perplexos. Mas ela logo retorna trazendo o livro das 100 perguntas.

– Está aqui – diz e entrega o livro a Reiji. – A Nanako me pediu para te devolver.

– Ah…

Reiji pega o *100 Perguntas* e se recorda. O livro era dele. Ele o emprestara a Nanako, e Sachi acabou ficando viciada no livro. O próprio Reiji se esquecera disso, mas Nanako com certeza queria devolver o que tomara emprestado. Seria apenas um gesto correto da parte dela, mas Reiji o entendeu de outra forma, como uma mensagem.

Talvez eu nunca mais te veja.

– Você fez todas as perguntas? – indaga Reiji a Sachi sem tirar os olhos do livro.

– Todinhas! A Nanako insistiu em fazer junto comigo até o final porque, segundo ela, por um tempo talvez a gente não possa se encontrar.

Como eu imaginei.

– Foi no dia que ela veio aqui? – Era para esse dia que Reiji pretendia voltar.

– Ã-hã.

– Tá.

Reiji folheia o livro. Suas mãos param na página com a última pergunta.

– Sachi.

– O quê?

– Você se lembra qual opção a Nanako escolheu na última pergunta?

– Última pergunta?

– Isso, a 100.

Ele queria confirmar como Nanako se sentia naquele momento.

– Hum. Lembro sim, claro.

– Qual foi?

– Bem, foi com certeza a número 2.

– A 2?

– Ã-hã.

– Tá.

Como eu imaginei.

– Quando eu perguntei a razão ela disse que morrer era assustador.

O semblante de Reiji se altera ao ouvir as palavras deixadas por Nanako.

A Nanako afirmou que nunca seria como a Setsuko. Talvez ela tenha razão. Mas não há necessidade de ser como ela. Não é a esposa do Todoroki quem eu quero encontrar e sim a Nanako. Além disso, a Setsuko morreu, mas a Nanako está viva.

Reiji ergue a cabeça.

A gente não sabe o que o futuro nos reserva. Ninguém sabe. Eu quero ver o rosto dela agora! Que mal há nisso? É condenável querer de alguma forma aliviar a aflição que ela deve estar sentindo? Quero falar com ela, confortá-la dizendo que vai ficar tudo bem. Que ela não precisa ser como a Setsuko. Não sei se faz sentido, mas uma vez que ela vai de qualquer jeito para os Estados Unidos, que mal há em lhe dizer isso antes dela partir? Alguém sairá prejudicado? Com certeza ninguém.

Reiji renova a confiança e o otimismo. Do nada, dá dois sonoros tapas no próprio rosto.

– ?!?!? – Sachi esbugalha os olhos, espantada com o comportamento do rapaz.

– Sachi, obrigado por ter me falado. Isso me encheu de coragem.

Reiji retoma o seu estado normal.

Apesar da surpresa, Sachi sente a fisionomia de Reiji se tornar muitíssimo mais radiante do que há pouco.

– Que bom – diz com a voz animada e feliz por ter sido útil.

– Então, pode me servir o café?

– Ã-hã.

Sachi ergue o bule enquanto sussurra:

– Antes que o café esfrie...

Do café sendo vertido na xícara se ergue uma fumacinha. Ao mesmo tempo, o corpo de Reiji começa a se transformar em vapor até desaparecer, como se fosse tragado pelo teto.

É tudo muito rápido.

Observando calada, Saki pergunta a Kazu:

– Você acha que ele vai declarar o que sente por ela?

– Hein? Declarar?! – exclama Nagare, perplexo. – O que você está querendo dizer?

– Tá falando sério? Não me diga, Nagare, que você não percebeu.

– Percebi o quê?

– "Declarar" é autoexplicativo, não? Os dois se amam.

– Como é que é?!

– Se não for para se declarar, que outro motivo o Reiji teria para voltar ao passado?

– É que nunca me passou pela cabeça...

– Rapaz, sua ficha custa mesmo a cair, não? – afirma Saki, indignada.

– P-perdão.

Apesar de não ter feito nada de errado, Nagare coça a cabeça como se tivesse cometido uma gafe.

Era inegável a apreensão de Nanako antes da cirurgia, o que fez Reiji cogitar *e se...?*. No caso de ambos, a insegurança teria sido amplificada por causa do amor?

– Taí, enquanto assistíamos à partida dele, eu fiquei me perguntando que diabos ele estaria indo fazer! – Nagare balança a cabeça.

– Todo mundo sabia!

– É? Verdade?

– Não é? – pergunta Saki, olhando para Sachi. Com isso ela está querendo dizer *até a criança sabia*.

– Ã-hã – responde ela animada e Kazu abre um sorriso.

– Aaaah… então era isso. – Nagare semicerra ainda mais os olhos estreitos e volta a contemplar com seriedade a cadeira de onde Reiji partira.

– A propósito… – Saki muda, de repente, de assunto. – Sobre o que mesmo era a última pergunta? Vocês repararam que, depois de ouvi-la, a expressão no rosto dele mudou da água pro vinho?

"Você agora está dentro da barriga da sua mãe e ela entrou em trabalho de parto. O que você faria hoje se o mundo acabasse amanhã?", Kazu pega o livro e responde à primeira pergunta de Saki.

– Eu ainda não fiz essa à doutora, fiz? – pergunta Sachi encarando Saki.

– Que eu me lembre… – responde Saki. – Entendi. É mais uma daquelas ardilosas, não? Qual a opção 1? – pede.

– Primeiramente, eu sigo em frente e decido nascer – responde Sachi, que memorizou todas as perguntas e todas as respostas.

– E qual é a número 2, a escolhida por Nanako?

"Por ser inútil e sem sentido, decido que não valerá a pena", Kazu lê.

– Entendo.

Nanako parece ter expressado seu medo de morrer…

– Pensando aqui com meus botões… o que será que estava passando pela cabeça dele? – sussurra Saki olhando a cadeira vazia.

Enquanto viaja no tempo, Reiji não para de pensar no livro das 100 perguntas e de repassar mentalmente uma a uma. Há perguntas de tudo quanto é tipo.

Se alguém deveria ou não devolver algo que tomou emprestado.

Se deveria embolsar sozinho ou dividir os dez milhões recebidos por acertar na loteria.

Se deveria ou não se casar.

Reparando bem, os eventos descritos em cada pergunta poderiam acontecer na vida de qualquer pessoa. A sensação de urgência era causada pela condicionante irrealista do "se o mundo acabasse amanhã".

Reiji ponderava.

Ninguém sabe o dia em que vai morrer. De fato, os pais de Yayoi Seto faleceram num acidente de carro e Setsuko de uma grave doença. Yukika, com quem Reiji chegou a trabalhar, morreu um mês depois de hospitalizada.

Na realidade, ninguém sabe se estará vivo ou não amanhã.

Depois de tudo que viu e viveu, Reiji hoje se dá conta da relevância do trivial, do simples, do banal, das pequenas coisas cotidianas que quase sempre nos passam despercebidas e que ele considerava como óbvias e perenes, da felicidade e do privilégio de se ter ao lado alguém importante em sua vida.

Certas coisas acabam não sendo transmitidas como deveriam quando deixamos para dizê-las no dia seguinte. Mas... e se não houver o dia seguinte? Você empurrou com a barriga e o amanhã não chegou. E agora?

Assim que voltou de Tóquio, ele se deu conta de como Nanako era importante em sua vida, algo que ele jamais havia valorizado.

O amanhã de Reiji ainda não acabara.

Nanako ainda está viva.

Amanhã, depois que o mundo acabar... será tarde demais.

Agora, aqui neste mundo que não irá acabar, o que Reiji talvez precise já é ser sincero com relação aos seus sentimentos. As outras pessoas pouco importam. Se há uma pessoa valiosa para ele, então ele precisa dizer isso a ela.

Aquele livro foi escrito para fazer as pessoas perceberem coisas óbvias!

Nanako ainda está viva. Felizmente, Reiji pôde conhecer o café. Mesmo não podendo alterar a realidade, há algo que ele pode fazer agora! Mesmo desconhecendo o que o futuro lhe reserva, há sentimentos que precisam ser transmitidos já!

Há sentimentos que não podem esperar nem mais um dia, quiçá nem mais um minuto.

Então, ele concluiu:

Mesmo que o mundo fosse acabar amanhã, eu certamente viajaria ao passado para encontrar a Nanako.

Reiji volta a sentir os braços e as pernas, e a cena ao redor, que até então ondulava e tremeluzia, começa gradualmente a se estabilizar.

Reiji se apalpa todo só para ter certeza de que voltara ao normal. Ele quer se certificar de que está realmente ali, pois ainda resta um pouco da sensação de ter se vaporizado.

Olhando ao redor, Kazu está atrás do balcão, Sachi lê um livro em frente à mãe e Nagare parece estar na cozinha.

O relógio da parede principal indica: acabamos de passar das 18h.

No início de novembro escurece cedo e se não há clientes o café fecha às 18h em ponto. Há ainda um casal de idade sentado ao lado da janela, provavelmente os últimos fregueses.

Mesmo esquadrinhando o interior do café, Reiji não vê nem sombra de Nanako. Faltam só alguns minutos até as 18h11, horário informado por Kazu. Nesse horário, ela vai aparecer. Afinal, se Kazu afirmou…

Mesmo tendo percebido a aparição de Reiji, Kazu apenas abre um breve sorriso e não parece propensa a querer puxar conversa.

Reiji sabe que essa é uma deferência dela às pessoas que surgem *naquela* cadeira. Além disso, no exato momento em que surgiu, desconfiou de que Kazu sabia muito bem quem ele veio encontrar.

Depois de trocarem olhares, Reiji abaixa a cabeça numa reverência e decide esperar pela chegada de Nanako.

São 18h08. Ainda há tempo.

Por via das dúvidas, ele encosta a mão na xícara. Tranquilo. Não está quente a ponto de não poder tocar, mas ainda demorará bastante até esfriar por completo.

Kazu mantém uma conversa agradável com o casal de idade sentado ao lado da janela. Ambos aparentam estar na casa dos setenta anos. Devia ser um bate-papo protocolar, mas, pela primeira vez, Reiji a vê conversar na maior animação com fregueses. Apurando os ouvidos, ele capta Kazu chamá-los de sr. e sra. Fusagi. A senhora está contando que veio com o marido, que adora viajar, até Hakodate só para reverem Kazu e Nagare. Pelo que ele compreende, o casal parece ter sido cliente habitual do Funiculì Funiculà, o café em Tóquio, quando os dois trabalhavam lá. Ao contrário da simpática esposa, o marido se mantém o tempo todo calado. Por estar vendo apenas as costas do homem, não era possível para Reiji confirmar sua fisionomia, mas teve a impressão de que ele era do tipo antissocial. Já ela... Reiji estava admirado com a forma como ela sorria carinhosamente para o marido.

A Sachi deve estar lendo outro livro complexo!

Ela está imóvel, sentada ao balcão. Reiji sabe bem que é sempre assim quando ela começa um livro. Por isso, imersa na leitura, ela não parece ter percebido a aparição de Reiji.

* * *

São 18h10.

Reiji olha para a entrada do café.

Faltam segundos para a Nanako surgir. Estou só imaginando a cara dela ao me ver sentado aqui. Ela soltará um grito de surpresa, emudecerá, ou quem sabe...?

Ela não vai chorar, ou será que vai?

Isso seria tão constrangedor... Reiji tenta raciocinar; como estará vindo se despedir do pessoal do café antes de partir para os Estados Unidos, pode estar apreensiva, ansiosa. Talvez seja apenas presunção da parte dele, mas não seria nenhum absurdo, afinal ela havia deixado aquela carta. Reiji se dá conta de que desde o jardim de infância não se lembra de ter visto Nanako chorando. Ele está superacostumado a vê-la rindo dele ou pasma com ele. De ridicularizá-lo ao ler seus esquetes de humor, o que ele preferia a ser elogiado sem sinceridade. Todavia, ficaria constrangido se ela chorasse. Ele não saberia como reagir se isso ocorresse.

DA–DING–DONG

Enquanto pensa nisso, de súbito, a campainha toca.

São exatamente 18h11.

Ela chegou.

– Bem-vinda – cumprimenta Kazu ao ver Nanako entrar e logo depois direciona o olhar para *aquela* cadeira na qual Reiji está sentado. Foi o sinal, informando a presença dele a Nanako. Como era de se esperar, afinal, Kazu havia agido nos bastidores para que o encontro acontecesse.

O olhar de Nanako acompanha o de Kazu.

– Eita! – dispara ao perceber a presença de Reiji.

Meu coração quase sai pela boca.

– Ah, olá. – Reiji levanta a mão até a altura dos olhos num cumprimento desajeitado.

– Ué… Reiji? E Tóquio? Já voltou?

O quê?

Instintivamente, Reiji sente o baque. Ele não consegue esconder sua perplexidade diante da reação bastante comum de Nanako. Como se aquilo tudo fosse algo totalmente normal.

– Não, na verdade… tô lá ainda. – Embora não tenha tentado zoá-la com uma piada, ele se sente meio ridículo.

– Como assim? Que diabos você está falando? – Nanako une as sobrancelhas, desconfiada.

– Eu vim para ter um encontro.

– Com quem?

– Contigo, óbvio.

– Comigo?

– Isso mesmo.

– Por quê?

Ela é genial quando se faz de desentendida.

– E você ainda pergunta?

Estou envergonhado por ter achado que ela ficaria emocionada, choraria…

Reiji involuntariamente segura a cabeça com as mãos e solta um profundo suspiro. Se Reiji não tivesse ido para Tóquio e se Nanako não estivesse indo operar nos Estados Unidos para tratar sua doença, aquela seria uma conversa trivial.

– Sabe…

– O quê?

– Tudo bem você ter decidido ir para os Estados Unidos sem falar nada enquanto eu estava em Tóquio?

Nesse momento, pela primeira vez, Nanako percebe a situação.

– Pai do céu! A cadeira. Não! Não me diga que… Você por acaso veio do futuro?

Era a Nanako de sempre e, sinceramente, isso decepcionou Reiji, mas, ao mesmo tempo, representou para ele um alívio.

Bem, é melhor do que ver seu rosto angustiado ou ensopado de lágrimas.

– Ah, então é isso. Se você veio do futuro é porque leu a minha carta, certo?

Aos poucos, Nanako vai se dando conta do que se passa. E, a cada vez que compreende algo, bate palmas diante dos próprios olhos.

– Por que você vai viajar sem me dizer nada?!

Embora não tivesse vindo do futuro com a intenção de censurá-la, o jeito relaxado dela o faz involuntariamente dar um tom mais incisivo às palavras.

– Ah, tem razão... Me desculpe – sussurra ela, abaixando a cabeça.

– Olha só. Está tudo bem. – Reiji se sente mal por tê-la feito se desculpar.

Embora aparentemente não tenha percebido a delicada atmosfera entre Reiji e Nanako, o casal de idosos que conversa com Kazu se levanta. Kazu se dirige juntamente com Sachi para o caixa e, justo quando acertavam a conta, Nagare vem da cozinha para se despedir do casal.

Nesse momento, Nagare percebe Reiji sentado *naquela* cadeira. Ele deixa escapar um discreto "oh" de espanto. Porém, não diz mais nada. Nanako está diante de Reiji. Nagare foi perspicaz ao entender a situação.

Depois de se despedir do casal de idosos, Sachi apenas acena com a mão para Reiji, e o interior do café fica em silêncio.

Incomodada de ver Nanako até agora de pé, Kazu traz um ice cream soda.

– O tempo é curto, então... aproveite bem. – Ela a encoraja a se sentar em frente ao rapaz.

Há por trás das palavras de Kazu uma mensagem para Reiji: *Se tiver algo para transmitir a ela, é bom se apressar.*

Um pouco constrangida, Nanako se senta diante dele. Ela ficou aflita com o comentário de Reiji sobre ter escondido dele sua viagem para os Estados Unidos – ou, para ser mais exato, por ela ter planejado tudo na surdina.

– Eu preferia que você tivesse me falado.

Embora pretenda ser gentil, o tom das palavras é embaraçosamente queixoso.

– Me perdoe.

– Já disse, tá tudo bem…

Eu não estou te repreendendo! Não viajei no tempo para isso.

– Pode soar como uma desculpa, mas eu nunca tive um sintoma sequer da doença. – Ainda cabisbaixa, Nanako começa aos poucos a se explicar. – Eu sempre pensei que logo estaria curada, e desejava muito isso, só que de repente, do nada, a Yukari me informou sobre o doador encontrado.

– Hein? A Yukari não estava à procura de…?

– Hum. Estava, mas aparentemente aproveitou para buscar também um doador para mim.

– Entendo.

Em outras palavras, Yukari estava a par da doença havia um bom tempo. Reiji fica claramente melindrado por ser o último a saber.

Nanako percebe de imediato como Reiji se sente.

– Eu pretendia contar pra você naquele dia, mas…

Reiji logo entende que o dia a que Nanako se refere era aquele em que ela mudara de batom.

– Reiji, você tinha sido aprovado na audição, eu fiquei na dúvida se era o momento ideal…

– Tem razão, você está certa – começa ele.

Que vergonha. Lamentável de minha parte.

– Me perdoe! Eu fui um… me comportei tão mal que…

– Ah, não esquenta, está tudo bem. De verdade. Olha, esse é o seu maior sonho. A doença é um problema meu e eu não queria te sobrecarregar.

As palavras de Nanako reproduzem exatamente o que ela escrevera na carta.

Se era para ser desse jeito, qual o sentido de eu ter vindo?

Frustrado pela incapacidade de ser sincero consigo mesmo, Reiji abraça a xícara com as palmas das mãos e sente que o café já está amornando.

– E Tóquio? Como estão as coisas por lá?

– Hã?

– Tá se virando bem, morando sozinho pela primeira vez?

– Ah, tô.

– Perdão por não poder te ajudar, mas não há nada que eu possa fazer a não ser torcer por você. Então…

Ela não muda. É a Nanako de sempre.

– Empenhe-se ao máximo, é o que eu te peço – finaliza ela enquanto pega o ice cream soda.

– Tá, pode deixar – devolve Reiji, as palavras soam frias.

Talvez só eu tenha me inquietado e me preocupado demais.

Apesar de ainda parecer haver algum tempo até o café esfriar por completo, ao analisar bem o jeito de Nanako ele questiona o porquê de ter vindo. Se ela estivesse apreensiva, ele poderia lhe oferecer palavras de conforto. Porém, ela foi mais rápida e o incentivou a se empenhar com afinco. Em outra ocasião, ele apenas replicaria na maior calma do mundo "você também", mas não foi capaz.

Não é ótimo ela estar se comportando assim?

Não havia nada de errado em Nanako estar agindo como de hábito, ao contrário do que Reiji supusera. Era a boa e velha Nanako de sempre ali em frente. Porém, algo nele o impede de se alegrar genuinamente. Reiji se considera um tolo por ter se angustiado a ponto de retornar ao passado. E agora está se odiando por ter ficado assim.

É melhor eu voltar antes que ela perceba esse meu estranho sentimento.

– Bem, então... – Reiji começa a falar enquanto suspende a xícara.

Nesse momento...

– A última pergunta! – Ouve-se a voz de Sachi.

Ela não se dirige a Reiji e Nanako. Seu alvo parece ser Kazu, que está atrás do balcão, e Nagare, na cozinha realizando as últimas tarefas para o fechamento do café.

Como o casal de idosos partira pouco antes, mesmo não querendo, sua voz entra com clareza nos ouvidos de Kazu e Nagare.

Sachi continua, indiferente à situação.

"O que você faria hoje se o mundo acabasse amanhã?: 100 perguntas.

Pergunta nº 100.

Você agora está dentro da barriga da sua mãe e ela entrou em trabalho de parto.

O que você faria hoje se o mundo acabasse amanhã?

1. A princípio você segue em frente e decide nascer.

2. Por ser inútil e sem sentido, você decide que não valerá a pena."

– Mãe, qual você escolhe?

Como sempre, Sachi lança candidamente a pergunta e observa a fisionomia de Kazu do outro lado do balcão.

– Hum, deixa eu ver... – Kazu inclina a cabeça como se refletisse, continuando a arrumação detrás do balcão.

A atenção de Reiji se volta para essa interação de Sachi com a mãe. Nanako, que se virou e da mesma forma observa o balcão, solta um "Ei".

Embora fosse sem dúvida a voz de Nanako, ela está diferente da voz de pouco antes. Saiu mais fina e fraca, quase apagada.

Reiji volta a olhar para Nanako, mas ela segue virada para o balcão.

– Aconteceu alguma coisa comigo? – pergunta Nanako.

O quê?

Reiji não consegue compreender de imediato o significado da pergunta. Ele continua olhando intrigado o rosto dela, de perfil.

Até que, não conseguindo manter o clima tenso de pé...

– A-há, peguei você! – exclama Nanako com um sorriso enorme, como se estivesse pregando uma peça nele. – Foi só uma brincadeirinha, pessoal! Façam de conta que não ouviram nada, ok? – pede, se levanta às pressas e se afasta de Reiji. – Que tal tomar logo? O café vai esfriar! – Virada de costas, Nanako sussurra com a voz levemente trêmula.

– Nanako...

Nesse instante, Reiji compreende tudo.

Ela está preocupada com o resultado da cirurgia. Se foi ou não um sucesso.

Reiji se odeia por sua própria leviandade. Como pode ter feito uma leitura tão superficial.

Quanta insensibilidade. Não era a Nanako quem estava despreocupada, mas eu.

Ela com certeza estava superapreensiva com o resultado da cirurgia desde o momento em que Reiji aparecera.

Nanako havia imaginado, no instante em que o vira ali, o pior desfecho possível, traçando um paralelo entre a própria realidade e a de Yayoi, que fora reclamar com os pais, ou de Todoroki, que fora encontrar a esposa.

O pior resultado seria o fracasso da cirurgia... Ou seja, a morte.

Reiji veio se encontrar comigo porque eu morri, Nanako com certeza havia pensado assim, logo que o viu sentado *naquela* cadeira.

Por isso, ela se comportava com aquele ar despreocupado, blasé até, a ponto de irritar Reiji só para não ter que perguntar sobre o futuro, se esforçando ao máximo para não falar sobre isso. Ela parecia decidida a esconder dele seu real sentimento, até ele tomar o café e regressar para o futuro.

Mas não aguentou a pressão e acabou revelando o que sentia. Não foi forte o bastante para dissimular.

Reiji fora incapaz de discernir essa mentira de Nanako.

– Me perdoe…

Reiji se desculpa por não ter captado o que Nanako sentia. Porém, ela interpreta o "me perdoe" de Reiji de outra forma.

– … você…

– Por favor, não diga nada. Eu não quero saber!

Eu e a Nanako estivemos juntos desde sempre.

Frequentamos a mesma creche, jardim de infância, escolinha, colégio e também a universidade.

Estarmos juntos é algo natural e nunca tive dúvidas a esse respeito.

Quando eu comecei a gostar dela?

Quando ela começou a gostar de mim?

Pensando bem, eu nunca a ouvi mencionar nada sobre ter um namorado.

Mesmo com os meus amigos comentando como ela era "gata", eu sempre a vi de forma diferente.

Sempre sonhei me tornar comediante. Eu já havia decidido, desde o início do ensino médio, que iria para Tóquio realizar esse sonho.

Mas, calma lá.

Eu pretendia ir para Tóquio sozinho?

Viveria longe dela?

Sempre estivemos juntos, desde que eu me entendo por gente.

Frequentamos a mesma creche...

O mesmo jardim de infância...

O ensino fundamental...

O ensino médio...

A universidade...

E por isso, em Tóquio...

Ficarmos juntos era o mais natural.

Agora está claro, eu nunca tive dúvidas a esse respeito...

Opa, espere um pouco.

Talvez eu sempre, sempre mesmo, tenha gostado dela. Nós dois juntos era algo tão natural que eu nunca havia percebido. Provavelmente, meu sonho e Nanako sejam inseparáveis.

Eu nunca havia parado para pensar nisso... tampouco havia questionado...

Bem, chegou a hora de eu consertar isso...

– Você...

– Já disse! Eu não quero saber!

– Você se tornou...

– Cala a boca! – grita Nanako tampando os ouvidos. Seus olhos se reduzem a dois pontinhos.

– Minha esposa.

– Quê?!

– Você... se... tornou... minha... esposa.

Reiji faz questão de repetir destacando cada palavra.

– Tá de gozação?

– Você acha que eu brincaria com coisa séria?

Bem, na verdade é mentira.

– E a minha doença?

– Que doença?

– Mas eu até já encontrei um doador.

– Você vai para os Estados Unidos.

Ninguém sabe o que o futuro nos reserva.

– Isso eu sei, e daí?

– Daí que na volta casa comigo.

Depois de tudo isso…

– Hein?

– Parabéns.

Sou livre para falar o que eu quiser. Afinal, o meu futuro, o nosso futuro, nos espera lá na frente.

– Por quê?

– Por quê? Eu é que te pergunto.

Pois que…

– O que você quer perguntar?

– Bem, foi você quem insistiu pra gente casar, sabia?

Não importa o que eu diga, a realidade não mudará.

– Fala sério. Eu jamais insistiria num assunto desses!

– Mas vai! Em breve!

– Impossível!

– Ficou insistindo. E muito!

– Que mentira deslavada!

– Acha mesmo que eu mentiria afirmando algo tão constrangedor?

Ou era tão constrangedor que estava na cara que era mentira?

– Não estou achando graça nenhuma.

– Já tô acostumado com essa reação sua!

– Hein?

– Mesmo assim, não vou abandonar meu sonho. De jeito nenhum. Por isso, eu vou para Tóquio. Por isso também talvez eu continue tendo que fazer das tripas coração para sobreviver, mas, infelizmente para você, Nanako… você vai ser minha esposa! Acontece que… aconteceu! Está decidido e ponto final!

Depois de disparar palavras feito uma metralhadora, Reiji toma um pouco de fôlego.

– Por isso… – Reiji tenta continuar, mas é interrompido.

– Já deu! Chega!

Darei o meu melhor, vou me esforçar ao máximo e quero você sempre do meu lado, é basicamente o que ele iria afirmar.

A proposta inusitada de Reiji ecoa por todo o café e, quando menos se espera, as atenções de Sachi e Kazu já estão voltadas para ele, e até Nagare sai da cozinha.

– Rá-rá-rá. – Nanako solta uma gargalhada inesperada.

– Oi?

Do que ela está rindo?

– Esse aí vai arrasar.

– Isso não é um esquete.

– Todo mundo vai amar.

– Hã?

Enquanto continua a rir, lágrimas escorrem pelo rosto de Nanako. Em tamanha profusão que uma expressão de perplexidade surge no semblante de Reiji.

– Ei, ei.

Nanako o encara.

– Obrigada – sussurra e alonga bem os braços. – Quem diria, hein? Eu, sua esposa! – A voz é alta a ponto de espantar Reiji. Uma voz límpida e assertiva como se toda a hesitação e aflição tivessem desaparecido numa fração de segundo.

Nanako se vira com calma. Agora está de costas para ele.

– Não há nada que eu possa fazer a respeito, não é mesmo? Se não se pode alterar o presente…

– Regras são regras.

– Entendi. Meu Deus…

– É.

– Então não tem jeito mesmo! – Nanako abre um sorriso de orelha a orelha.

– Eu escolho a opção número 1 – responde Kazu à pergunta de Sachi.

Concentrada na conversa de Reiji e Nanako, Sachi leva um susto com a resposta súbita da mãe.

Esse é mais um sinal de Kazu. *Está chegando a hora!*, indicam seus olhos. Vindo do futuro, Reiji precisa tomar todo o café antes que esfrie.

– Ah, sim. Claro!

Nanako conhece bem essa regra.

– Vamos, beba logo, anda! – Às pressas, Nanako encoraja Reiji a tomar o café.

Ele acabara de transmitir seu sentimento, não tinha volta.

– Bem, então, até mais, né? – Ele se despede e toma todo o café de um gole só. Uma estranha sensação, como uma vertigem, o acomete e ele começa a esvanecer.

– Ah, é mesmo. Qual a sua resposta?

– Hã?

Nanako pega o livro das mãos de Sachi e o entrega a Reiji.

– Qual a sua resposta à última pergunta, Reiji?

Reiji se lembra. Nanako escolhera a opção 2, afirmando que "morrer era assustador".

Em meio a evanescente consciência, Reiji responde:

– Eu escolho a número 1. A princípio, eu opto por nascer.

– A número 1? Por quê?

– Mesmo que eu só tenha um dia de vida, um único dia, eu quero vivê-lo…

O corpo de Reiji está quase todo envolto pelo vapor.

– Se eu nascer, quem sabe o que o futuro me reserva? Talvez o mundo não acabe? Quem sabe? Por isso, escolho a opção 1.

– Entendi. Então, nesse caso… eu também vou na 1!!!

No instante em que Nanako grita isso, o vapor envolvendo o corpo de Reiji se ergue e debaixo dele surge o idoso cavalheiro de preto.

Era impossível afirmar se as últimas palavras dela alcançaram os ouvidos de Reiji.

Por um tempo, Nanako contempla o teto por onde Reiji desaparecera na forma de vapor.

– Você e o Reiji vão se casar? – Sachi inclina a cabeça olhando para Nanako.

Ela então sorri, dando de ombros, e brinca:

– E pior… aparentemente, acabou, de certa forma, sendo eu a propor a ele nos casarmos, né?

Alguns dias depois, Reiji recebe um cartão-postal de Nanako.

A foto no postal deve ter sido tirada no quarto do hospital após a cirurgia. Seu sorriso é doce como se quisesse transmitir a ele *Deu tudo certo, eu estou bem*. Ao lado dela, Yukari Tokita exibe também um lindo sorriso.

– Pelo visto, a Yukari ainda deve demorar a voltar, não? – murmura Saki vendo o cartão-postal trazido por Reiji. O jeito de falar denota sua dúvida se Yukari estaria de fato procurando por um certo homem.

– Possivelmente – responde Nagare, suspirando.

O próprio Nagare se mostra quase resignado. Além disso, ele havia começado a simpatizar com Hakodate. Então, já não se importa caso Yukari demore a voltar.

– Seja como for, Yukari é mesmo uma mulher incrível, não? – Reiji deixa escapar sua admiração ao pegar de volta o postal das mãos de Saki. Ao seu lado estão uma mala de viagem e uma mochila.

Hoje é o dia de sua mudança para Tóquio. Antes da partida, ele resolveu dar uma passada pelo café para se despedir e mostrar o cartão-postal com a foto de Yukari e Nanako que recebera.

– Ela estava numa foto como esta vinte anos atrás quando salvou uma mulher prestes a se lançar nas águas geladas da baía e a fez viajar ao futuro. Ela era muito amiga do Todoroki e do Hayashida, do PORON DORON. Ela deixou um bilhete avisando o Nagare da vinda de Yukika do passado. E agora, além de tudo isso, esta foto aqui também?

Na foto, ela estava junto de Nanako nos Estados Unidos.

– No caso do Todoroki, é impossível imaginar o que teria acontecido se a Yukari não tivesse mandado o cartão-postal o congratulando pelo Grande Prêmio da Comédia, não?

Reiji talvez quisesse insinuar a existência de algum tipo de componente divino nas ações de Yukari.

– Tudo isso deve ter sido mera coincidência – declara Nagare com serenidade.

– Será? Eu não penso assim. E também tem isto…

Reiji pega o livro das 100 perguntas e faz menção de dizer algo, mas, nesse momento, ouvem-se os passos apressados e ruidosos de alguém subindo a escada.

É Sachi. Resfolegando, ela entrega um livro a Reiji.

– Presente pra você.

– Pra mim?

– Ã-hã.

É um romance intitulado *Os namorados*.

– Ué? Mas este não é o seu livro favorito, Sachi? Tudo bem? – indaga Nagare, encarando a menina.

– Ã-hã.

Sachi escolheu seu livro predileto e o trouxe como presente de despedida para Reiji.

– Tudo bem mesmo?

– Ã-hã – ratifica Sachi, sorridente.

Reiji folheia algumas páginas. É o livro predileto de Sachi e embora ela tenha cuidado bem dele, como o leu dezenas de vezes, as bordas das páginas estão um pouco encardidas. Sem dúvida esse livro é uma preciosidade para ela.

– Não foi esse o livro que fez você tomar gosto pela leitura? – intervém Kazu.

– Ã-hã. – Sachi aquiesce alegremente.

– Mas se este livro é tão importante para você... – Reiji mantém o olhar fixo na menina.

Sachi o encara de volta.

– Dizem que é bom a gente oferecer o que tem de mais precioso a alguém que está se esforçando para realizar seus sonhos. Porque haverá com certeza momentos em que essa pessoa se sentirá sem forças para prosseguir. Será difícil, doloroso e ela terá que colocar numa balança seus sonhos e a realidade, e fazer uma escolha. Nesse momento, a pessoa que recebeu esse presente tão valioso vai se convencer de que ela pode se empenhar um pouco mais. Porque ela perceberá que no final das contas não está sozinha. Ganhará ainda mais coragem por saber que há alguém torcendo por ela. Eu te presenteio com esse livro porque desejo que você dê o seu máximo para realizar seu sonho.

– Nossa, Sachi, que lindo.

– Agora, se você não se esforçar bastante, é Nanako quem vai sofrer, né?

Todos gargalham ao ouvir essa declaração dela.

E Reiji parte para Tóquio.

Meses depois, a notícia do falecimento de Nanako chega até Nagare e Kazu, que já haviam retornado para Tóquio.

Era um belo dia de primavera e as pétalas das cerejeiras bailavam ao sabor da brisa como as "flores de vento" dos flocos de neve.

Após a cirurgia, Nanako caminhava bem, rumo à recuperação. Porém, transplantes implicam inúmeros riscos. Do nada, ocorreu a temida rejeição ao órgão transplantado. A cirurgia foi refeita, mas ela enfraquecia dia após dia. Mesmo sofrendo com febre, vômitos, os efeitos colaterais dos fortíssimos medicamentos e um tratamento insuportável para a esmagadora maioria das pessoas... Nanako lutou com unhas e dentes contra tudo isso, mas...

O que a fez suportar tão bravamente, para espanto inclusive dos pais, foram sem dúvida as palavras, ditas uma a uma, de Reiji naquele dia.

Você se tornou minha esposa.

Muitos anos mais tarde, após cinco tentativas, Reiji vence o tão almejado Grande Prêmio da Comédia.

Diante da lápide de Nanako, ele segura o romance que Sachi havia lhe dado de presente, assim como o seu já superdesgastado exemplar do *100 perguntas*. O túmulo está no alto do Monte Hakodate, próximo ao Cemitério de Estrangeiros, de onde se avista toda a baía.

Ao partir, Reiji deixa ali o livro das 100 perguntas. Ele deve ter lido inúmeras vezes o posfácio na última página. As letras estão quase apagadas.

Há algo colado nessa última página.

É um anel de casamento.

O posfácio, localizado na última página de *O que você faria hoje se o mundo acabasse amanhã?: 100 perguntas*, lido tantas vezes por Reiji a ponto de ficar amarelado e gasto, contém o seguinte texto:

Eis o que eu penso. A morte jamais deveria causar infelicidade. O destino de todos nós é morrer um dia. A razão deste meu pensamento é simples: se a morte de uma pessoa for motivo de infelicidade, isso significa que nós, seres humanos, nascemos para ser infelizes. Muito pelo contrário, isso está longe de ser verdade. As pessoas sempre nascem para ser felizes. Sempre.

Yukari Tokita, Autora.

Fim

MAPA DAS RELAÇÕES ENTRE OS PERSONAGENS

Idoso cavalheiro de preto

Um fantasma que se senta à mesa mais próxima da entrada, na cadeira que permite viajar no tempo. Ele deixa o assento uma vez ao dia para ir ao toalete.

Kota Hayashida

Comediante que, com o parceiro Todoroki, forma a dupla de sucesso PORON DORON.

Gen Todoroki

Comediante que, com o parceiro Hayashida, forma a dupla de sucesso PORON DORON. Sua esposa, Setsuko Yoshioka, faleceu há cinco anos.

Keiichi Seto

Pai de Yayoi Seto.

Yayoi Seto

Cliente do café cujos pais morreram em um acidente de carro quando ela tinha seis anos de idade.

Miyuki Seto

Mãe de Yayoi Seto. Faleceu em um acidente de carro quando Yayoi tinha seis anos de idade.

Setsuko Yoshioka

Esposa de Todoroki, faleceu há cinco anos.

Volta ao passado

Volta do passado

Volta ao passado

Yukari Tokita

Proprietária do Donna Donna. Está nos EUA ajudando um rapaz a encontrar o pai.

Sachi Tokita

Filha de Kazu Tokita, tem sete anos. Ela serve o café durante a cerimônia que permite às pessoas viajar no tempo.

Volta ao passado

Nagare Tokita

Pai da Miki, filho de Yukari. Administra o Café Donna Donna, de propriedade da mãe. Proprietário do Funiculì Funiculà em Tóquio. Kei, sua esposa, faleceu há quinze anos ao dar à luz Miki.

Kazu Tokita

Prima de Nagare Tokita. Mãe de Sachi. Trabalha no Donna Donna enquanto Yukari Tokita está ausente no exterior.

Reiji Ono

Estudante universitário e aspirante a comediante que trabalha no Donna Donna. Amigo de infância de Nanako Matsubara.

Volta do passado

Reiko Nunokawa

Cliente habitual do Donna Donna. Sua irmã mais nova, Yukika, faleceu há alguns meses.

Drª. Saki Muraoka

Psiquiatra em um hospital próximo e cliente do Donna Donna.

Nanako Matsubara

Estudante universitária e cliente habitual do Donna Donna. Amiga de infância de Reiji Ono.

Yukika Nunokawa

Irmã mais nova de Reiko Nunokawa. Trabalhou no Donna Donna e faleceu há alguns meses.

Papel: Pólen natural 70g
Tipo: Bembo
www.editoravalentina.com.br